MILLE ANS APRÈS

L'homme est une sale bête.
Sigmund Freud

http://www.terresdelouest-editions.fr
ISBN : 979-10-97150-84-6

Crédits photographiques couverture :

Réalisation couverture : conception Charlotte Picouilla ©- Graphiste • Illustratrice - 06 03 72 07 64

Toute ressemblance des personnages de ce roman avec des personnes existantes ou ayant existé serait purement fortuite.

Marie-Paule Ospital

MILLE ANS APRÈS

Roman

Première partie

Confinement J–4

1

Vendredi 13 mars

Richard Delagrange prit sa voiture, jeta ses bagages sur le siège arrière et se lança dans les embouteillages de la rocade sans éprouver le découragement qui l'envahissait chaque soir en quittant son bureau. Talence s'éloigna dans le rétroviseur et il en éprouva une joie qui l'étonna presque.

Il se rendait bien compte que son travail avait cessé de l'intéresser, que l'enthousiasme de ses débuts avait cédé la place à une lassitude qu'il avait parfois du mal à dissimuler face à ses collègues plus jeunes. Il avait le sentiment qu'il consacrait plus de temps à courir après des crédits de fonctionnement qu'à exercer en tant qu'enseignant-chercheur. Les heures passées dans des réunions à essayer de résoudre les difficultés quotidiennes l'avaient usé et éloigné de son vrai travail.

La route qui le menait au village de Cagnotte

était peu fréquentée et très étroite. Il ralentit puis desserra la ceinture qui le comprimait. Il avait pris du poids, ces dernières années. Sa silhouette s'était alourdie. Un coup d'œil dans le rétroviseur lui confirma ce qu'il savait déjà : la cinquantaine bien entamée poursuivait son travail de sape sur la fermeté de ses traits… mais il trouva son regard plus brillant que la veille.

La lettre était arrivée alors qu'il avait perdu tout espoir de renouer avec ses activités de terrain. La nouvelle qu'elle contenait était exaltante : *reprise des fouilles dans la petite église du village landais*. Sa bonne humeur était revenue d'un coup. Il avait passé les dernières semaines à constituer son équipe et s'était débrouillé pour se rendre sur place un peu avant tout le monde afin de prendre ses marques.

L'après-midi touchait à sa fin quand il prit possession de sa chambre réservée, la même qu'il occupait lors de sa première campagne de fouilles puis chaque fois qu'il avait eu à se rendre à Cagnotte ces dernières années. Il déposa ses bagages et, sans prendre le temps de se reposer, alla trouver Blanche, sa logeuse, qui lui avait préparé un encas. Après s'être rapidement restauré, il se rendit à l'église pour dégager l'ouverture du pourrissoir creusé au milieu de la nef centrale. Une sorte de puits où reposaient les dépouilles de chevaliers déposées vers l'an mil selon un rite obscur. Il accrocha sa veste sur le premier banc de prière et se mit immédiatement au travail en poussant à grand-peine la dalle qui fermait le trou où les moines avaient déposé les cadavres. Il s'apprêtait à se pencher avec gourmandise au bord de la fosse quand un bruit de pas l'interrompit. Il reconnut vaguement l'individu qui approchait sans toutefois réussir à mettre un nom sur son visage… Richard n'était sûr ni de ses yeux ni de ses souvenirs. Passionné, il décida de laisser tomber ses efforts de mémoire et de renseigner ce presque inconnu que le puits intéressait beaucoup et qui n'avait pas jugé utile de se présenter.

Après avoir écouté religieusement la description des os, des boucles de ceinture, des canalisations… le visiteur l'interrogea à propos d'une tache verdâtre à peine visible à l'intérieur du puits, contre une paroi. Sûrement une mousse… Richard se mit à plat ventre afin de l'examiner de plus près. Et un éclair de douleur foudroya sa nuque. L'historien chuta ensuite lourdement, tête la première, sur la grille de fer au fond du caveau.

La violence du choc le laissa sans connaissance une dizaine de minutes. Lorsqu'il revint à lui, l'obscurité était quasi complète. La dalle avait été repoussée pendant son coma. Elle s'était changée en lourd plafond minéral immuable, deux mètres au-dessus du sol.

Richard promena ses mains le long de son corps à la recherche d'éventuelles blessures. Outre sa tête, son coude gauche le faisait beaucoup souffrir. Il se leva péniblement, en équilibre sur les barreaux qui faisaient office de sol, tâtonna pour repérer les parois autour de lui. Puis, encore étourdi et épuisé, il s'assit sur la grille.

Quand il parvint à nouveau à déplier son corps, une douleur qu'il n'avait pas encore ressentie irradia ses genoux et le poussa à s'étendre à nouveau sur les barres de fer, fakir contraint. Dans un début de panique, il se vit mourir après des heures de glauque agonie : personne ne songerait à venir le chercher ici, puisque les fouilles n'avaient pas encore commencé. Blanche, sa logeuse, le penserait sans doute reparti pour Bordeaux. Et son téléphone dormait au fond de sa veste, dans la nef au-dessus de sa tête endolorie… Richard appela *à l'aide* sans discontinuer pendant quelques minutes… Puis ses cris faiblirent. Puis il se tut, exténué. De toute manière sa voix portait peu, étouffée par l'épaisseur de la pierre, et il avait refermé les lourds vantaux du portail derrière lui, suivant les indications du curé. D'ailleurs : comment son agresseur était-il entré dans l'église ? Il aurait pu se poser la question plus tôt… Il aurait dû se méfier, quand ce visiteur inconnu a surgi de nulle part pour lui demander des explications sur ses recherches… Emporté par la passion, il n'avait pas envisagé le pire. Pas une seconde… Qui était son agresseur ? Pourquoi essayer de le tuer ? Pas d'autre mot : *assassinat.* Perclus de douleurs et rongé par l'incompréhension, il sombra et perdit la notion du temps.

Le bruit de la dalle que l'on déplaçait le tira d'une noire et désespérante torpeur d'un siècle ou deux. Une pluie légère de terre humide s'abattit sur ses cheveux, l'empêchant de lever les yeux au ciel… Il ne rêvait pas : quelqu'un ouvrait son tombeau. « Merci ! J'en pouvais plus ! » Après une minute d'adaptation, ses yeux lui permirent de distinguer la voûte de l'église faiblement éclairée de quelques cierges et de LED blanc chaud. « Y'a quelqu'un ? » De longues minutes s'écoulèrent… et Richard eut la certitude que l'église était à nouveau vide.

Après deux tentatives infructueuses, malgré la douleur qui vrillait ses genoux, il se hissa à la surface en s'accrochant à de rares pierres saillantes. Dans un ultime effort, il agrippa le pied d'un banc de prière et réussit à rouler hors du caveau.

Il ne sera pas dit que ma dépouille a rejoint celles des vicomtes d'Orthe, pensa-t-il avec soulagement. Les yeux fermés, abandonné à la merveilleuse sensation de l'air frais dans ses poumons, il resta étendu paisiblement quelques instants sous la voûte de l'église… Le marteau s'abattit. La violence du choc fit éclater son crâne, du sang fut expulsé à plus d'un mètre et de la matière cérébrale vint se coller sur les bancs tout proches. Richard n'eut ni le temps de comprendre ni celui de souffrir.

L'assassin, penché sur le corps inerte, fut soulagé. Il n'était pas homme à infliger des souffrances inutiles. Même à ce Richard Delagrange de malheur. Il se redressa, pressé de disparaître, et sa silhouette sombre remonta la contre-nef gauche jusqu'à atteindre une petite porte de bois ouvrant sur un obscur corridor latéral. Il la referma sans bruit après s'être engagé dans l'ombre. Personne ne se doutait qu'il possédait la clé, elle était considérée comme perdue depuis que le prêtre l'avait cherchée en vain au dernier changement de cure. C'était en aidant à préparer une fête paroissiale destinée à envoyer les enfants pauvres en vacances qu'il l'avait découverte. Heureux hasard. Très méticuleux, il l'avait rangée dans une boîte qu'il avait ensuite dissimulée entre deux piles de draps, prenant grand soin d'y accrocher une étiquette marquée *église côté est*. Découverte lors de la kermesse, la clé avait forcément quelque chose de religieux... Il l'avait donc essayée dans toutes les serrures de l'église et du presbytère. Et avait trouvé sans difficulté celle qui lui correspondait.

L'attention de Richard Delagrange avait été facile à obtenir. Trop heureux d'étaler sa science...

— C'était en 1974. L'entreprise responsable de la réfection du dallage a involontairement mis au jour des ossements et de menus objets d'un indéniable intérêt archéologique. Mais les ouvriers ont trouvé commode, pour nettoyer leur chantier, de tout jeter dans le pourrissoir. Un désastre. J'étais étudiant, je faisais partie de l'équipe de fouilles. Ça nous a pris un temps fou de récupérer les os, les boucles de ceinture et autres artefacts. D'autant qu'il pleuvait, la boue avait tout envahi. On a dû trier plus de deux mètres cubes d'un joyeux mélange immonde. Je m'en souviens bien, c'était ma première expérience de terrain... Je devais être drôlement passionné, pour ne pas être dégoûté de la science, après ça...

Pour l'encourager à poursuivre, le visiteur s'était penché au-dessus du caveau d'un air pénétré. Delagrange l'avait imité.

— C'est ici que reposaient les dépouilles ?

— Oui. Je devrais pouvoir retrouver l'orifice de la canalisation.

Richard s'était agenouillé, ses doigts exploraient la pierre, son didactisme ruisselait :

— C'est par ici qu'arrivait l'eau pour purifier les morts. Je vais vous expliquer comment fonctionnait le pourrissoir : les défunts étaient enveloppés dans une enveloppe en cuir de bœuf ou de cerf. – Bien sûr, certains conservaient des objets dans leurs poches –. Puis ils étaient placés à l'intérieur. La grille recevait les corps qui se décomposaient petit à petit. Le puits se purifiait régulièrement ensuite grâce à l'eau amenée par la canalisation les jours de pluie, quand le niveau de la rivière atteignait celui de la prise d'eau. Petit à petit, seuls les éléments solides ont subsisté : os, pièces de monnaie, bijoux… qui étaient tamisés, si on peut dire, par la grille, et qui finissaient au fond. Et tout ça a été lavé et relavé pendant des siècles, à chaque crue du ruisseau qui coule à vingt-cinq mètres d'ici.

Tout en parlant, il indiquait du doigt un orifice dans la paroi.

— L'eau arrive par là, et en face il y a le trop-plein pour éviter l'inondation. C'est un système tout à fait singulier.

Il se redressa avec effort, irrité par la douleur dans son dos, puis continua :

— Un rite de purification par l'eau comme celui-là ne se trouve d'habitude que dans les cultures scandinaves et germaniques.

— On a trouvé des bijoux ?

— Non. La révolution est passée par là. À la réouverture du puits en 74, on a quand même récupéré l'extrémité pointue d'une botte de cuir, quelques éperons, des clous et des boucles de ceinture en fer argenté. Et puis aussi quelques pièces de monnaie anglaises du XIIIe siècle et des quantités de fragments de ferraille…

Le visiteur l'avait écouté jusqu'à ce que l'occasion se présente. Et le corps inconscient s'était fracassé au fond du trou. L'assassin s'était ensuite épuisé à remettre la dalle en place. L'église était déserte, personne n'avait entendu le raclement de la lourde pierre se refermant sur Richard. Puis il s'était assis un moment pour reprendre son souffle. Sans doute s'adressant à lui-même, à moins que ce ne soit au Seigneur, il avait prononcé ces mots tout bas : « La vanité de cet imbécile l'a perdu. Par sa faute j'ai transgressé le cinquième commandement… Mais avais-je vraiment le choix ? La violence est parfois nécessaire… Dieu n'a-t-il pas sacrifié son fils sur la croix ? » Et les cris étouffés de l'historien avaient ponctué sa dernière phrase. Il n'était donc pas mort… Pouvait-il survivre suffisamment longtemps pour que quelqu'un le libère ? L'assassin ne pouvait se permettre de prendre le risque. Il s'était alors agenouillé face à l'autel et avait prié jusqu'à ce que la force de terminer ce qu'il avait commencé lui revienne. Il avait à nouveau déplacé la dalle. Tel Lazare, Delagrange était sorti du tombeau. Puis s'était écroulé sous un coup de marteau.

L'église quittée, l'assassin parcourait à présent la route déserte. Le ciel était empli d'une myriade d'étoiles. L'air frais ne parvenait pas à faire refluer la nausée qui l'avait submergé à la vue du cadavre. Tout en marchant, il essaya d'apercevoir la rivière en contrebas. Certain de ne rencontrer personne à cette heure, il décida de traverser les hautes herbes qui la bordaient dans l'espoir de découvrir un gué qui lui permettrait de rentrer plus vite chez lui. Il trouva tout de suite. *Je suis sous la protection divine*, se dit-il en dévalant la pente vers le cours d'eau. Il chantonna alors un petit texte de son invention : « Loué soit le Seigneur, ses pompes, ses œuvres, loué soit le Seigneur qui nous voit du plus haut des cieux. »

Sa foi ne fut jamais si forte qu'à cet instant.

Il finit par atteindre sa maison sans avoir rencontré âme qui vive, son ange gardien avait veillé sur lui tout au long de cette funeste soirée.

Il gagna sa chambre sans bruit et se glissa furtivement dans son lit. Il essaya ensuite de faire le vide dans sa tête. Il y parvint rapidement et s'endormit d'un sommeil sans rêve, terrassé par le relâchement brutal de la tension nerveuse accumulée durant cette terrible soirée.

Seconde partie

Confinement J–3

1

Samedi 14 mars

Le ciel était devenu uniformément gris après un début de matinée ensoleillé qui avait laissé présager, à tort, l'arrivée précoce du printemps. Laure Delaspre boutonna sa veste en *jean*, mince rempart contre le froid s'insinuant sous son léger imperméable. Le parking de covoiturage sur lequel elle se trouvait était presque désert.

Les mesures de protection sanitaire se renforçaient. Depuis la veille, les écoles, les lycées et les universités avaient fermé leurs portes, ce matin c'était au tour des restaurants, des bars et même des tribunaux. On sentait partout l'inquiétude monter. Entre un confinement dans les vingt-cinq mètres carrés de son studio et la vaste demeure campagnarde de son enfance, le choix de Laure n'avait pas été difficile. La jeune femme avait décidé de quitter Mont-de-Marsan pour s'installer dans la maison de sa grand-mère, à Cagnotte, afin d'échapper à la contamination. De toute façon, son contrat à durée déterminée se terminait, elle ne se faisait guère d'illusions quant à son renouvellement et n'avait pas l'intention de se mettre à chercher un autre travail pour le moment. Avant cette histoire de virus, déjà, les affaires marchaient au ralenti dans la petite agence de communication qui l'avait embauchée six mois plus tôt. Il était temps pour elle de quitter cette ville où plus rien ne la retenait.

Le blablacar qu'elle avait réservé la veille sur internet avait du retard. Dix minutes déjà que le SUV bleu marine aurait dû tourner au rond-point du Landais, au nord de la ville, où elle avait rendez-vous.

La jeune rousse ouvrit son portable pour jeter un œil sur les derniers comptages de morts en Italie et tomba sur un article qui prônait le retour de la compassion et de la solidarité. Elle le lut jusqu'au bout bien qu'il ne réponde pas tout à fait à ses préoccupations : *Le journaleux parle des personnes âgées cloîtrées chez elles à compter leurs paquets de pâtes et leurs bouteilles d'huile, mais qui se préoccupe des jeunes en contrat de travail précaire, logés dans des boîtes de sardines où le bruit des voisins, de la rue, empêche le sommeil ?*

Elle commençait à avoir froid. L'amie qui l'avait

déposée était repartie sans attendre. Elle aurait pourtant apprécié un peu de compagnie… En se balançant d'un pied sur l'autre pour se réchauffer, elle décida de se reprendre : *Arrête de t'apitoyer sur ton sort. T'es pas la seule à flipper de l'avenir. C'est dur pour tout le monde.*

L'arrivée de la voiture dissipa son humeur morose. Deux femmes à bord, la petite quarantaine souriante, lui firent signe. La passagère descendit pour l'aider à ranger ses valises dans le coffre en se présentant :

— Bonjour, moi c'est Yasmine, et elle – en montrant la conductrice d'un mouvement de tête – c'est Nathalie.

— Tu paies maintenant ou à l'arrivée ?

Laure s'acquitta du montant de la course, s'installa à l'arrière et la voiture démarra. Elle ferma les yeux pour signifier qu'elle n'avait pas envie de bavarder. Yasmine et Nathalie paraissaient fort sympathiques, mais Laure n'était pas d'humeur sociable. Les deux femmes reprirent leur bavardage sans se formaliser. Laure s'endormit en songeant qu'il n'y en avait plus que pour le coronavirus. Plus de guerre, de famines, de salariés sur le carreau…

2

La maison familiale des Delaspre avait été bâtie à la sortie du village, légèrement en retrait de la route. Une vieille bâtisse au charme un peu désuet dont les murs étaient recouverts d'une vigne vierge vigoureuse et aux couleurs changeantes au fil des saisons. Laure sortit sa clé et entra dans le silence. Il était l'heure : sa grand-mère faisait la sieste. Elle monta à l'étage où sa chambre avait été préparée. Tout était tel qu'elle l'avait espéré. La courtepointe était parfaitement tirée sur les draps fleuris et un bouquet d'églantines occupait le dessus de la petite commode anglaise. Elle entreprit de ranger ses affaires dans les tiroirs et le placard qui avaient abrité ses vêtements d'enfant puis d'adolescente, ses jouets et ses carnets, pendant les nombreuses vacances d'été qu'elle avait passées ici.

La fenêtre donnait sur les champs et sur une partie de la vigne le long du coteau. Au-delà, on apercevait l'église du village et, contre elle, les vestiges d'un monastère cistercien de l'an mil. Seul changement notable dans ce paysage qui paraissait immuable : un de ses murs avait été utilisé pour y appuyer une grange, il y a quelques années. Elle se saisit de ses petites jumelles posées sur une étagère afin d'observer le bâtiment. Un panneau vissé sur l'un des murs indiquait qu'il était devenu la propriété de la commune. Probablement pour y entreposer du matériel, s'imagina Laure. Curieuse, elle fut prise d'une envie de visiter les lieux. Une excuse pour s'aérer et se dégourdir les jambes. Elle verrait sa grand-mère à son retour. Elle descendit l'escalier en pierre et traversa le vestibule en direction de la cuisine, prenant soin de ne pas claquer les portes. La pièce, disproportionnée, avait été conçue pour accueillir un personnel de maison nombreux. Laure retrouva instantanément le plaisir qu'elle avait toujours éprouvé à fouler ce sol pavé de dalles rouges. Sur le mur opposé à la cheminée monumentale, une batterie de vieux ustensiles de cuivre et d'acier était accrochée au-dessus de l'évier en pierre. Dans cet univers singulier, plusieurs générations s'étaient escrimées à confectionner des confits de canard, des conserves d'asperges et autres fruits au sirop. En caressant tout du long le bois doux et patiné de l'immense table séparant la pièce en deux, la jeune femme se dirigea vers la rangée de placards pour y trouver de quoi se préparer un léger pique-nique. Après quoi, elle referma la porte et entama sa promenade. L'air vigoureux de cette fin d'hiver saisit ses poumons et balaya des images urbaines : l'appartement exigu, le travail qu'elle avait eu tant de mal à décrocher pour finalement ne lui réserver que des déconvenues, jusqu'au renouvellement de contrat que son patron avait fait miroiter… à tort pour cause de pandémie. Elle ne lui en voulait pas, il faisait ce qu'il pouvait dans des circonstances inédites. Pour lui aussi, l'histoire menaçait de mal se terminer : il avait parlé de mettre la clé sous la porte…

La construction contemporaine, blanchie de chaux et aux tuiles pourpres, avait habilement intégré les vestiges de l'abbaye. L'immense porte, certainement récupérée dans un bâtiment plus ancien, avait été remise à neuf avec soin. Autour de l'édifice, le jaune lumineux des jonquilles se mêlait au blanc pur des crocus qui poussaient en bordure du sol pavé.

Le portail n'était pas verrouillé. Laure entra, surprise par l'excès de confiance, ou l'inconscience, des personnes qui avaient laissé l'endroit ouvert. Le fond de la pièce était occupé par une immense table posée contre un mur, sous deux hautes fenêtres. Elle compta trois ordinateurs, autant d'imprimantes, et des emballages marqués d'inscriptions *hi Tech* attendant de livrer leur contenu. Des ouvrages et des revues spécialisées en archéologie et en histoire médiévale y étaient aussi disposés en piles. Quelques chaises, un fauteuil de récupération et une table basse complétaient le mobilier, outre le guéridon où étaient posées une cafetière à capsules et une dizaine de tasses. Sûrement l'antre d'une équipe envoyée une nouvelle fois par l'université de Bordeaux pour mener des travaux sur le pourrissoir de l'église… Laure avait entendu parler du rite de purification par l'eau pratiqué dans quelques civilisations scandinaves. Les raisons qui avaient poussé une population gasconne à adopter un rite si lointain restaient un mystère. Les dix morts du pourrissoir faisaient depuis longtemps l'objet d'études qui amenaient de la vie au village. De nouvelles têtes dans les rues et à l'auberge. Laure considéra avec satisfaction sa chance de revenir au moment où une nouvelle campagne démarrait. Ne restait plus qu'à espérer que les vicomtes du pays d'Orthe, qui reposaient ici depuis mille ans, dévoileraient une part de leur mystère aux chercheurs…

Son inspection achevée, elle repassa la porte

monumentale. En ce début d'après-midi, le ciel était d'un bleu intense, le vent pratiquement tombé, et le chant d'un coucou se faisait entendre dans le lointain. *C'est ici que la nature est la plus belle*, songea Laure en admirant la teinte pure du ciel à peine soulignée d'un horizon indigo. Elle s'engagea sur le court chemin bordé de boutons d'or qui menait à la mairie, pour y emprunter la clé de l'église.

Elle avait perdu la foi depuis des lustres mais – elle ne savait trop pourquoi – elle éprouvait encore une attirance pour les édifices religieux. Elle fit une génuflexion machinale à l'entrée de la nef centrale tout en observant les trois vitraux qui surplombaient l'autel. Laure ne croyait plus en Dieu, mais le catéchisme restait un souvenir agréable. Comme chaque fois qu'elle pénétrait dans ce bâtiment, le silence l'emplissait de sérénité. Elle avança dans la nef sous laquelle reposaient depuis des siècles les restes des vicomtes de la maison d'Aspremont, anciens seigneurs des lieux. Ses yeux n'étaient pas encore tout à fait accoutumés à la pénombre. Lorsque sa vue devint plus nette, elle plaça ses mains devant sa bouche pour étouffer un cri muet. Puis elle s'enfuit en courant.

3

Nicolas Thebaud se réveilla difficilement. Il avait travaillé tard la veille et le radio-réveil affichait six heures trente. Il jugea inutile d'essayer de se rendormir et alluma la radio pour écouter les dernières nouvelles de l'épidémie. L'Italie était touchée de plein fouet et avait décrété le confinement de la population pour ralentir la propagation du virus et éviter l'engorgement des hôpitaux. Surtout ceux du nord du pays déjà presque saturés et en manque de matériel pour soigner les patients.

Dans sa petite cuisine, Nicolas mit la cafetière en route. En attendant qu'une mesure identique soit prise en France, la vie continuait. Le travail, surtout. De toute manière, le sien ne souffrait pas d'interruption. Il lança un regard admiratif autour de lui : son appartement lui plaisait beaucoup. Il l'avait acheté sur plan huit mois seulement après sa sortie de l'école de police. Son statut de fonctionnaire avait constitué le sésame qu'attendait la banque pour lui consentir un prêt. *Un bon début*, pensait-il en regardant avec satisfaction la pièce baignée de lumière : la valeur de l'immobilier ne cessait de grimper à Bordeaux et, après quelques années d'économies, il serait facile de revendre son trois pièces pour changer de quartier et accéder à un appartement à haut plafond dans l'un de ces immeubles bourgeois qu'il lorgnait tous les jours en se rendant au travail.

Né dans le département voisin de la Dordogne, Nicolas Thebaud avait tout fait pour quitter la campagne, qu'il chérissait pourtant beaucoup, mais qui n'offrait rien de comparable à l'animation d'une grande ville comme Bordeaux. Et puis il aimait son travail à *l'urbaine*. Tout le monde n'avait pas sa chance. Il avait été facilement intégré à l'équipe, probablement parce que ses collègues étaient de sa génération et que ses relations professionnelles avec ses supérieurs n'avaient encore été l'objet d'aucune crise.

Le soir, il évacuait le stress dans une salle de sport à proximité de son travail. Il aimait transpirer face aux larges baies vitrées qui donnaient sur le fleuve, admirer les mouvements de l'eau sombre en soulevant la fonte. Il aimait aussi l'ambiance des cafés qu'il fréquentait le week-end, où les gens se mélangeaient facilement. Pour la plupart de jeunes cadres, déplacés géographiquement en raison de leur job, comme lui, et qui avaient eux aussi besoin de créer du lien social.

Après son café, Nicolas s'allongea sur le canapé. Jour de repos. Il passa la matinée à bouquiner. Un luxe qu'il n'avait pas souvent l'occasion de s'offrir. La pile d'ouvrages à côté du lit indiquait le retard qu'il avait pris dans la lecture des classiques qu'il s'était promis de découvrir.

Il reçut l'appel du lieutenant Lambert alors qu'il revenait à pied du restaurant chinois où il avait déjeuné.

— Désolé de gâcher ton jour de congé, mais j'ai besoin de toi pour démarrer une enquête dans le sud des Landes. Prépare-toi, je t'attends au commissariat, lui annonça son supérieur d'un ton faussement attristé.

— Pas grave, répondit Thebaud, bien décidé à prouver qu'il méritait la confiance de son supérieur et d'être envoyé sur le terrain.

De retour à l'appartement, il ôta son jean et son haut de survêtement, enfila un pantalon vert bouteille, mit son pull en cachemire noir préféré et chaussa des mocassins souples. Il vérifia son image dans le miroir de l'entrée et prit l'ascenseur jusqu'au parking au sous-sol de son immeuble où l'attendait son vélo.

La circulation était encore fluide à cette heure de la journée et il ne lui fallut que dix minutes pour rejoindre la voiture banalisée qui l'attendait dans la cour du commissariat. Jean Matthieu Lambert, son chef et coéquipier, était assis au volant.

— Bonjour Nicolas.

Le jeune fonctionnaire s'engouffra dans le véhicule qui démarra aussitôt.

— Bonjour Jean Mat'. Alors, où allons-nous ?

— Cagnotte.

Thebaud soupira intérieurement. Il allait encore falloir poser trente-six questions pour connaître l'affaire. Jean Matthieu était un spécialiste des phrases lapidaires. Aujourd'hui, il se surpassait, il n'avait lâché qu'un seul mot : « Cagnotte ». Résigné, Nicolas choisit d'adopter le même style télégraphique :

— Quel genre d'affaires ?

— Un homme, la soixantaine, découvert mort dans l'église.

— …

Devant l'air inquisiteur de son collègue, l'autre

détailla à sa manière :

— Le crâne défoncé.

— Ah ! Quand même !

Jean Matthieu se tourna vers Nicolas, pas très sûr de la signification de ce *Ah ! Quand même !*

Après une imperceptible hésitation, il décida de laisser tomber. Au bout de trente années dans la police, il s'était fait à l'idée qu'il ne correspondait plus vraiment à l'esprit de la boîte. Il reconnaissait que les nouveaux éléments étaient brillants pour la plupart, mais ils étaient aussi dénués de toute considération pour la génération précédente. Cependant, Nicolas Thebaud, s'il pouvait parfois être insolent, lui était sympathique. Et puis il était sorti major de sa promotion. Nul doute qu'il avait les compétences nécessaires pour l'aider à boucler cette enquête. Il poursuivit :

— La victime a été trouvée morte dans l'église, une vilaine plaie à la tête. Objet contondant, probablement un marteau. Un prof de la fac d'histoire de Talence. Il venait de louer une chambre chez l'habitant, c'est tout ce que l'on sait pour le moment.

Pour toute réponse, Nicolas émit un grognement en changeant la position de ses jambes dans l'étroit habitacle.

4

Deux heures et des poussières d'un trajet sans histoire les amenèrent à destination. Le calme de l'endroit surprit les deux policiers, plus habitués aux bruits de la cité qu'à la torpeur discrète de ce coin de campagne. Devant l'église, un gendarme les attendait, adossé à son fourgon. En les apercevant, il interrompit sa discussion avec un ambulancier et déclara : « C'est par là ». Nicolas Thebaud et Jean Matthieu le suivirent à l'intérieur où deux gendarmes en uniforme attendaient que le photographe de la scientifique ait terminé son travail. Le contraste était frappant entre la douceur de l'air à l'extérieur et l'atmosphère humide et froide de la petite église. L'homme qui s'avança vers eux frottait ses mains pour les réchauffer.

— Adjudant Ménard. On vous a sans doute déjà briefé sur la victime…

Nicolas brandit son smartphone et déclara :

— Pour le moment, on ne connaît de ce Richard Delagrange que ce que nous avons pu en apprendre sur internet et les réseaux sociaux. En attendant le rapport des collègues et les premières constatations, nous avons préféré venir sur les lieux au plus vite.

— Le coronavirus va nous prendre de vitesse. Neuf personnes ont déjà été contaminées en Nouvelle-Aquitaine, et le confinement ne va pas faciliter l'enquête. Autant démarrer immédiatement, rajouta Jean Matthieu Lambert.

Ménard souleva la bâche qui couvrait le cadavre pour que chacun constate avec quelle sauvagerie l'agresseur avait défiguré sa victime. La blessure était profonde et sale, un trou sanguinolent laissait apparaître l'intérieur de la boîte crânienne où se devinait un magma de matière luisante et visqueuse.

— Personne n'a rien vu ni entendu. La victime devait diriger prochainement une équipe pluridisciplinaire sur le chantier du célèbre pourrissoir. Les universitaires en étaient au tout début de leur installation. Ceux qui avaient trouvé un logement à Cagnotte étaient déjà repartis à Bordeaux en attendant la date officielle de démarrage des travaux. Une autre partie de l'équipe est déjà à pied d'œuvre dans l'abbaye de Fontevraud, où elle récolte des documents en lien avec l'étude qui va être menée ici. Quant à l'informaticien chargé d'installer le matériel, il est reparti à Bordeaux avant-hier, ce qui fait qu'il n'y avait plus personne sur place hier soir à l'heure de la mort.

— Vous avez réussi à obtenir l'emploi du temps de la victime ?

— Oui, Richard Delagrange a dîné rapidement à la table de la maison d'hôtes où il loue également une chambre. Il a dit ensuite à sa logeuse qu'il partait travailler. Et personne ne l'a revu.

Le gendarme ouvrit son carnet pour consulter ses notes.

— Nous avons été avertis à quatorze heures par le curé. Il venait de rentrer au presbytère quand il a vu arriver une jeune femme très agitée. On le serait à moins, elle venait de découvrir le cadavre de Richard Delagrange.

Il lut la déposition du prêtre :

La jeune Laure Delaspre est entrée en courant dans le jardin, elle pleurait, je n'arrivais pas à la comprendre, ses propos étaient incohérents. Elle a fini par me demander de la suivre à l'église. En arrivant, j'ai vu que le tronc de sainte Eulalie avait été rempli de terre, on ne pouvait plus rien mettre dedans. J'ai voulu la rassurer en lui disant que ce n'était pas bien grave, qu'il s'agissait sans doute des gamins du village qui avaient fait cette vilaine plaisanterie. Alors elle m'a tiré par la manche jusqu'au corps gisant sur le sol, celui du professeur Delagrange. Fin de la déposition.

— J'ai eu le prêtre au téléphone, ajouta Ménard en repliant ses notes. Le pauvre gars est passablement secoué.

— Vous êtes arrivé aussitôt sur place ?

— Pratiquement. Mes collègues ont examiné les lieux et procédé aux relevés d'usage.

— On a retrouvé l'arme du crime ?

— Non. Le plus étrange, c'est que le curé est certain d'avoir insisté auprès de Delagrange pour qu'il verrouille la porte hier soir. Il possédait un double de la clé pour son travail. C'est la routine : fermer l'église le soir et l'ouvrir le matin. Quant à celle du curé, il la range au presbytère. Le troisième exemplaire reste à la mairie, c'est celui qu'a utilisé la jeune femme qui a découvert le corps.

— Pensez-vous que le meurtrier ait pu se laisser enfermer pour la nuit sans que l'universitaire ne s'en aperçoive ?

— Difficile à dire, mais tout est possible. Si Richard Delagrange n'a pas verrouillé la porte, n'importe qui a pu s'introduire dans l'église.

— Mais elle était fermée à treize heures, puisque vous venez de me dire que la jeune Laure a utilisé la clé de la mairie pour entrer. Elle était donc sûrement fermée depuis la veille, comme d'habitude. Ça signifie que le meurtrier devait s'y trouver au moment où elle a ouvert…

— Ou alors, plus simplement : le meurtrier possède une quatrième clé.

Lambert désigna les gendarmes qui attendaient dehors, occupés à tenir à l'écart les curieux et les journalistes qui commençaient à investir le parvis.

— Avant d'y aller, dites-leur qu'ils peuvent emmener le corps.

Pendant que l'adjudant se dirigeait d'un pas décidé vers le presbytère, ils regardèrent en silence les hommes introduire le cadavre du professeur dans l'ambulance. Après son départ, Lambert donna des instructions dans son style habituel :

— Inspecter le domicile de la victime ; son bureau à la fac ; interroger ses collègues. Nicolas, tu t'occupes de ça. Prends la voiture, je reste ici.

Tout en suivant du regard les feux arrière qui disparaissaient, le lieutenant se mit à réfléchir à la scène de crime. *L'église : profanation délibérée ou circonstances exceptionnelles ?* Des spéculations défilèrent dans sa tête : *La force nécessaire au déplacement de la dalle indique un homme plutôt qu'une femme. Avait-il une clé ou a-t-il pu pénétrer autrement dans l'église ? Option la plus simple, donc la plus probable : un homme en possession d'une clé. Peut-être un des fidèles…*

De retour dans l'église, il se pencha au-dessus du caveau traversé des barres métalliques. *Les archives départementales doivent pouvoir nous renseigner sur ce pourrissoir*, pensa-t-il en se redressant.

5

Le curé de la paroisse était un homme âgé à la stature massive qui avait maintenant du mal à marcher. Le policier le reçut dans la petite sacristie où il l'invita à s'asseoir et à boire un café.

— Votre collègue vient de vérifier que ma clé est bien ici et la deuxième, celle que j'avais prêtée au professeur, a été retrouvée sur un prie-Dieu. Dans ces conditions, je ne comprends pas comment quelqu'un a pu s'introduire dans l'église.

— C'est peut-être la victime qui lui a ouvert…

Jean Matthieu avait quelques idées en tête qui nécessitaient de vérifier des détails. Il interrogea le curé :

— J'aimerais que vous me racontiez la soirée d'hier. Disons… à partir de 19 heures.

Même s'il peinait à marcher, le curé avait de beaux restes. Grand, fort, il était capable de remuer la dalle du pourrissoir. Le prêtre balança la tête de gauche à droite comme pour se remémorer les évènements de la veille et s'éclaircit la voix.

— Ma soirée a ressemblé à toutes les autres : j'ai dîné à dix-neuf heures, ensuite j'ai écrit un début de sermon, puis j'ai répondu à quelques mails, j'ai lu mon bréviaire et je me suis couché aux environs de 22 heures. La seule chose qui a changé par rapport à d'habitude, c'est que je n'ai pas eu besoin d'aller fermer l'église, puisque Richard m'avait assuré qu'il verrouillerait la porte.

— Vous avez déclaré n'avoir rien remarqué d'anormal.

— Effectivement.

Le prêtre rougit légèrement, déconcerté par ce début d'interrogatoire. Il croisa nerveusement les mains sur son ventre, Lambert poursuivit tout en prenant des notes :

— Un inconnu, la soixantaine, se fait assassiner dans une église à des kilomètres de chez lui… Ce n'est pas une affaire courante. Je vous demande d'essayer de vous souvenir des détails les plus insignifiants de votre soirée. Même s'ils ne vous paraissent pas importants.

— Richard n'était pas vraiment un *inconnu*. La première fois qu'il est venu ici, il était encore étudiant. Il faisait partie de l'équipe qui travaillait sur le pourrissoir. Il avait apprécié le coin et il lui arrivait même, ces dernières années, de venir passer ses vacances chez nous de temps à autre. Il disait qu'il aimait le paysage chargé d'histoire, qu'ici il avait l'impression d'avoir le temps de vivre et que ça le rendait optimiste. Je lui ai confié une clé de l'église quand il était revenu, la semaine dernière, pour sa nouvelle campagne. Elle lui permettait d'entrer et de sortir à sa guise, parce que je ne suis pas toujours là. Vous savez, nous autres, prêtres ruraux, nous sommes obligés d'animer chacun trois ou quatre paroisses. Nous ne sommes plus très nombreux et…

Lambert l'arrêta.

— Il vous parlait de lui ? Je veux dire, vous aviez des conversations personnelles ?

— Pas trop. Il était plutôt discret sur sa vie privée, je ne peux pas en dire grand-chose.

Dans son ton transparaissait la sympathie qu'il éprouvait pour le défunt.

— Il n'était pas loin de la retraite, alors il avait décidé de consacrer ses dernières recherches à ce qui l'intéressait le plus : le rite de purification par l'eau des anciennes cultures scandinaves et germaniques que l'on retrouve bizarrement à Cagnotte. Il disait qu'il trouverait le lien. Il doit connaître la réponse, maintenant qu'il est au ciel.

— C'était ça, le but de ces travaux : trouver ce *lien* ?

— Je ne sais pas. Ça ne m'intéressait pas beaucoup.

Il s'interrompit et leva vers le policier un regard embué :

— Est-ce qu'il a souffert ?

— Le légiste nous le dira. L'autopsie aura lieu demain. D'après ce que j'ai observé, il est mort sur le coup.

— Je vais prier pour lui, déclara le prêtre d'une voix douce.

Lambert lui fit un vague signe de compréhension pour l'encourager à poursuivre, espérant en vain une information significative.

— C'est moi qui aurais dû trouver le corps, pas cette pauvre fille. J'espère qu'elle se remettra vite…

Le prêtre se sentait vieux, l'exercice de son sacerdoce dans plusieurs paroisses le fatiguait chaque année un peu plus.

— Vous savez, quand je me retourne pour bénir mes ouailles à la fin de la messe, je ne vois que des cheveux blancs. Nous sommes vieux. Que va-t-il advenir de l'église après nous ?

Un voleur d'objets sacrés surpris par Richard aurait laissé des traces, songeait-il. *Et d'ailleurs, ici, rien ne semble manquer.*

— Une dernière question mon père, selon vous quelque chose manquait-il dans l'église ?

— Vous pensez à un voleur ? Non, en dehors du tronc de sainte Eulalie qui a été rempli de terre – certainement un acte de vandalisme – je n'ai pas remarqué qu'il manquait quoi que ce soit...

Jean Matthieu se leva et se contenta d'ajouter quelques mots de sympathie pour tenter de soulager la culpabilité du vieux prêtre. Puis, comme il lui sembla qu'il n'apprendrait rien de plus du vieil homme, il prit congé et traversa la place pour rejoindre le véhicule mis à sa disposition par la gendarmerie locale.

Quelques centaines de mètres plus loin, il se gara devant la maison où la victime avait loué sa chambre. Le bâtiment l'impressionna. C'était une de ces grosses demeures à la façade élégante, ornée de deux rangées de fenêtres à l'étage. Au rez-de-chaussée, de larges baies vitrées se déployaient de part et d'autre d'un perron. Surplombant la porte d'entrée, un écusson de pierre usée, orné de symboles à demi effacés, indiquait le caractère aristocratique des lieux. Pour en accentuer l'effet, une tourelle accrochée au pignon ouest servait de tuteur à une abondante vigne vierge qui grimpait jusqu'au toit. Au-dessus des fenêtres, une frise en brique formait de jolis motifs géométriques rouges qui offraient un contraste agréable avec les murs de pierres blanches. Sur un côté, un vaste potager légèrement en pente attendait les premières plantations de légumes destinées à la table d'hôtes.

Jean Matt' admira quelques instants la beauté de l'ensemble avant de franchir le porche et de s'engager sur l'allée qui se terminait par une cour gravillonnée. Il longea les anciennes écuries transformées en habitations destinées à loger les vendangeurs. Le policier fut accueilli par un vieux chien-loup peu farouche qui l'escorta jusqu'à l'entrée. Visiblement habitué à voir passer des visiteurs, il ne prenait plus la peine d'aboyer pour les annoncer.

Deux véhicules étaient stationnés devant le perron. L'un appartenait à la gendarmerie, l'autre à l'antenne locale de France 3, ce qui agaça le lieutenant qui entra sans s'annoncer. En passant devant le grand salon qui s'ouvrait à droite, il aperçut un homme muni d'écouteurs qui tendait un micro à une personne invisible derrière le battant de porte. Derrière lui, un caméraman.

Jean Matthieu atteignit l'escalier sans révéler sa présence. D'après les fenêtres vues de l'extérieur, les chambres devaient se trouver à l'étage. Un bruit de voix étouffées lui signifia qu'il avait vu juste. Ses collègues se trouvaient sur place et procédaient aux premiers relevés dans celle du professeur. Il entra, la pièce était inondée d'une lumière réfléchie par des murs uniformément blancs.

— Rebonjour lieutenant. On a commencé à rassembler ses affaires, indiqua l'adjudant Ménard.

Il lui présenta rapidement ses deux collègues occupés à trier et à empiler les papiers du bureau en dos d'âne placé dans un angle. Un lit à deux places, un bureau, une commode peinte, deux chaises et un fauteuil élégamment recouvert de chintz complétaient le décor de la pièce impeccablement rangée.

Jean Matthieu réfléchit. À ce stade, aucune théorie ne pouvait être avancée. Il n'y avait pas eu de vol : son téléphone, ses cartes bancaires et une cinquantaine d'euros en espèce avaient été laissés dans les poches de la victime. L'hypothèse d'un crime passionnel ne résistait pas non plus à une première évaluation de la situation : Delagrange était célibataire et on ne lui connaissait aucune liaison d'après les premières informations reçues de Bordeaux.

Il appela son collègue Nicolas Thebaud :

— Il va falloir orienter l'enquête sur les nouvelles fouilles. Une fois que tu auras terminé l'inspection de son domicile, rends-toi à la fac et essaie d'obtenir des informations sur la nature exacte de ses travaux. Cherche également s'il a pu avoir des conflits ou des rivalités professionnelles. Si possible, penche-toi aussi sur sa vie privée.

Le photographe de la gendarmerie était en train de refermer ses mallettes. Son travail terminé, il s'épongea le front, manière de signifier qu'il en avait bien sué.

— On étouffe ici, je n'ai pas trouvé l'interrupteur pour couper le chauffage. C'est pareil chez ma grand-mère. Passé soixante-quinze ans, les vieux, ils chauffent à mort, ajouta-t-il en partant.

Jean Matthieu ouvrit la fenêtre pour y faire entrer un peu d'air frais, puis il jeta un œil sur la salle de bain attenante et enfin s'assit au bord du lit. La pièce ne révélait rien de la personnalité de son occupant : mis à part les livres et les notes qu'ils avaient trouvés sur le bureau, rien ne pouvait donner d'indication sur la victime. Mais le professeur était arrivé il y a peu… Pas le temps de laisser des traces, d'éventuels indices… Le policier poursuivit son analyse en ouvrant les tiroirs de la commode, puis la penderie : du petit linge, quelques chemises, deux sweat shirts, un pantalon de rechange et deux paires de chaussures de randonnée pratiquement neuves. C'était la chambre d'un vieux célibataire plus attaché au confort de ses vêtements qu'à leur esthétique : rien de superflu et les livres étaient soigneusement rangés par thème.

— Ce n'est pas ici que nous trouverons quoi que ce soit, soupira le policier en se tournant vers le gendarme, alors que ce dernier était plongé dans la lecture des notes manuscrites trouvées sur la table de nuit.

— Qu'est-ce que vous regardez ?

— Ça ressemble à de la poésie, ou peut-être à un conte d'autrefois. Une histoire locale…

Les deux hommes fixèrent attentivement le titre du recueil.

— Le château de l'argile ? prononça Ménard à voix haute, avant de reposer l'ouvrage sur la pile des scellés prêts à être enregistrés.

Lambert saisit l'ouvrage et le survola en notant au passage des détails qui lui parurent intéressants : des références à la Maison d'Aspremont ; et l'époque à laquelle se déroulait l'histoire, à savoir celle de la construction du pourrissoir. Pour la première fois depuis son arrivée à Cagnotte, Jean

Matthieu Lambert ressentit le petit frémissement familier qui se manifeste devant l'ouverture d'une possible piste à exploiter.

La voix de Ménard l'interrompit dans ses réflexions. Pris par sa lecture, il n'avait pas remarqué que le gendarme s'était tu depuis un petit moment. Il s'aperçut en se tournant vers lui qu'il s'était assis sur une chaise et attendait qu'il ait terminé. Son visage était creusé par la fatigue.

— Je vais vous laisser, proposa le gendarme en se relevant. Si vous avez besoin de moi, vous n'aurez qu'à m'appeler.

Lambert réalisa que Ménard avait dû être convoqué aux premières lueurs du jour et qu'il avait travaillé sans relâche depuis son arrivée sur le lieu du crime. Un peu honteux de ne pas s'en être soucié plus tôt, il consentit à le libérer sans délai.

Au loin, les cloches sonnèrent quinze heures. Jean Matthieu connecta son téléphone sur une radio d'information en continu avant de descendre au village se chercher de quoi manger.

Une voix nasillarde égrena les derniers chiffres de la progression du virus. Le grand Est était le plus touché avec un foyer identifié au sein d'un rassemblement évangéliste. En Italie, la ville de

Bergame connaissait une explosion des cas. Toute l'Europe était touchée par la pandémie, la France allait bientôt être confinée.

6

Lorsqu'il arriva à l'entrée du salon en terminant son sandwich, Lambert prit quelques secondes pour observer Blanche Delaspre, la grand-mère de Laure et la logeuse de Delagrange. Elle devait avoir passé les quatre-vingts ans depuis quelques années. Le policier fut impressionné par son allure, le soin qu'elle avait mis à composer sa toilette. La vieille dame semblait garder le cap. Son ensemble en lainage gris anthracite et sa veste d'une nuance légèrement plus foncée mettaient en valeur la couleur bleue de ses yeux. Son visage était légèrement maquillé avec un fond de teint qui couvrait une partie de son cou. Elle se tenait très droite, donnant l'illusion d'une santé vigoureuse, jusqu'à ce qu'il remarque sa démarche saccadée lorsqu'elle se retourna pour le conduire à l'intérieur de la pièce jusqu'à un des fauteuils disposés en demi-cercle autour d'un oriel. Ses jambes boursouflées de varices la portaient avec difficulté. *Elle essaie de montrer qu'elle tient toujours les rênes*, pensa le policier un peu amusé en prenant place.

Une bibliothèque occupait l'extrémité de la pièce, éclairée d'un miroir vénitien habilement placé entre deux rayonnages. Une porte à battants ouvrait sur une salle à manger plus petite aux murs d'un bleu un peu passé. Une table d'acajou en occupait presque tout l'espace, une soupière en faïence de Samadet posée en son centre. La vieille dame s'assit en face de Jean Matthieu, de l'autre côté de l'oriel.

— Ici nous serons à l'aise pour bavarder. Encore que je ne sache pas trop ce que je peux vous apprendre sur ce monsieur. C'était un client occasionnel… Mais je n'ai jamais vraiment accepté l'idée de transformer cette maison en auberge, dit-elle avec une légère grimace. Je me suis toujours tenue aussi éloignée que possible de mes hôtes, vous comprenez ?

Puis elle se renfonça dans les coussins, jugeant que le sujet était clos.

Lambert s'arma de patience et évita de justesse un commentaire peu amène : c'était lui qui posait les questions, pas l'inverse. Il prit la main :

— Richard Delagrange est venu plusieurs fois en vacances chez vous et il a dîné à votre table le soir de sa mort. Comment était-il ? Qui voyait-il à Cagnotte à part le curé de la paroisse ?

— Personne, à ma connaissance. Je ne peux vous parler que des rares moments où nous avons parlé. Il est mort comment ?

— Laure, votre petite fille, l'a retrouvé dans l'église, le crâne défoncé et baignant dans son sang. Vous ne l'ignoriez pas ?

Il savait qu'il aurait dû être moins brutal, mais il n'avait pas l'intention de perdre du temps à la ménager et elle avait l'air assez coriace pour encaisser.

— Je ne savais même pas qu'elle était arrivée. La porte a été forcée ?

— Non. C'est un des mystères qui restent à élucider.

Il hésita à poursuivre devant l'ignorance manifeste de la vieille dame.

— Je ne vois pas qui aurait pu vouloir du mal à Richard. Il était toujours plongé dans ses livres… Ce que je peux vous dire, c'est qu'il vivait seul à Bordeaux depuis qu'il avait divorcé, et que son travail lui laissait beaucoup de temps libre depuis qu'on lui avait enlevé une partie de sa charge d'enseignant. Ça lui donnait le temps de se consacrer à ce qu'il aimait le plus : ses recherches. Il les appelait son *travail de détective*.

Elle plongea un regard adouci dans les yeux du lieutenant qui nota le ton de sympathie qu'elle avait adopté. *Pour quelqu'un qui ne s'intéresse pas à ses hôtes*, pensa-t-il…

— Il travaillait sur les vicomtes d'Aspremont qui ont vécu ici autour de l'an mil, à peu de choses près, poursuivit-elle. Il écrivait des articles dans des revues spécialisées.

— Vous pouvez m'en dire un mot ?

— Est-ce que vous pensez que c'est utile, lieutenant ?

— Jusqu'à ce que nous ayons trouvé qui l'a tué et pourquoi, il est difficile de faire le tri entre ce qui l'est et ce qui ne l'est pas. Nous savons qu'il était dans l'église pour ses recherches… mais peut-être qu'il en profitait pour prier un peu ?

— Il m'agaçait avec ses bondieuseries… Mais à mon avis, la religion n'a rien à voir avec sa mort.

Blanche Delaspre avait tout à coup l'air décidée à parler. Le policier s'installa confortablement dans son siège, manière de lui signifier qu'il avait tout son temps et qu'il était décidé à l'écouter.

— J'ai perdu la foi au décès de mon mari, en 1984. J'ai éprouvé un profond sentiment de révolte… Figurez-vous que je n'avais jamais travaillé. Ça paraît incroyable, de nos jours, n'est-ce pas ?

J'étais comme beaucoup de jeunes femmes de mon époque : épouse et mère. Rien d'excitant. On nous encourageait à rester au foyer, à cette époque, à nous occuper de nos familles.

Elle marqua une pause, comme si elle devait faire appel à sa mémoire, puis reprit :

— Après mon veuvage, j'ai créé les chambres et la table d'hôtes pour pouvoir conserver le domaine. Par bonheur, j'arrive à me faire aider à la cuisine et au ménage pendant la haute saison. Mais j'avoue que quand je n'avais que ce pauvre Richard comme client – comme c'était le cas cette semaine –, je ne préparais que des surgelés et je dois dire que c'était une crème d'homme : il ne s'en est jamais plaint. Pas à moi, en tout cas. Je ne sais même pas s'il s'en rendait compte…

Elle s'interrompit à nouveau, songeuse, puis :

— Pour moi, il n'y a rien, là-haut. Ceux qui pensent le contraire ont seulement besoin de se rassurer. J'évitais d'aborder ce sujet avec Richard, je savais qu'on ne serait pas d'accord. On parlait plutôt de ses travaux. C'est lui qui m'a appris tout ce que je sais de l'histoire de Cagnotte – elle lui sourit. Un comble, vous ne trouvez pas ? Moi qui suis née ici, je me suis aperçue que j'étais ignorante de ma propre histoire.

Jean Matthieu laissa volontairement un silence s'installer pour la laisser poursuivre.

— Je crois qu'il avait fait le tour de la question en ce qui concerne le puits, ou le pourrissoir, si vous préférez. Vous savez de quoi il s'agit ?

Lambert hocha négativement la tête.

— C'est un tombeau collectif où on a trouvé, en 1974, des restes de squelettes, à l'occasion de travaux entrepris dans l'église. Les démolisseurs ont découvert des vestiges de l'ancienne abbatiale et, après avoir enlevé les huit sols qui recouvraient un magnifique dallage polychrome du XIIe, ils ont mis au jour le fameux pourrissoir, avec sa canalisation en pierre qui le noyait à chaque montée des eaux de la rivière. C'est ce rite de purification qui le passionnait...

Lambert commençait à entrevoir des signes de fatigue chez la vieille dame dont le visage s'était creusé. Un très léger tremblement faisait frissonner ses mains recouvertes de taches brunes. C'est alors qu'une voix claire résonna dans le vestibule, comme pour la libérer de l'interrogatoire qui commençait à l'épuiser. Un joli visage se dessina bientôt dans l'encadrement de la porte, auréolé d'une masse de cheveux roux retenus en queue de cheval.

— Je vois que tu es occupée, je te verrai plus tard.

La jeune femme fit un signe de tête au policier comme pour s'excuser de les avoir interrompus et s'éclipsa avant qu'il ait eu le temps de se présenter.

— Ma petite fille Laure. Quand on parle de la louve…

Lambert hocha la tête, vaguement approbateur. Il savait qu'elle avait été interrogée dans la matinée par ses collègues, il s'occuperait néanmoins bientôt d'elle.

— Un sacré choc pour une fille de son âge, argumenta la vieille dame, comprenant l'intérêt soudain du policier pour sa petite-fille.

Puis elle se leva avec difficulté et ajouta :

— Si nous en avons terminé, je vous raccompagne.

Le lieutenant Jean Matthieu lui emboîta le pas et évita de lui tendre le bras, comprenant qu'un tel geste aurait souligné une faiblesse qu'elle essayait en vain de dissimuler.

Un changement d'intensité dans la couleur du ciel indiqua que le jour tirait à sa fin. Les beaux jours approchaient mais le cap du changement d'heure n'avait pas encore été franchi. Sur le pas de la porte, Blanche Delaspre déclara :

— Je vous souhaite de résoudre cette enquête

au plus vite, inspecteur. Si vous désirez rencontrer mon gendre, il vous faudra le chercher dehors.

Juste avant qu'elle ne referme la grande porte sur lui, le policier eut le temps de rectifier :

— Pas « inspecteur », madame Delaspre, lieutenant !

Il prit ensuite la direction d'un coteau où il avait aperçu au loin une silhouette, sans doute celle de Philippe Lemaire.

Lambert se remémora les rares renseignements glanés à son sujet. L'homme était veuf de l'unique fille de Blanche Delaspre. Il régissait la propriété et vivait dans une aile indépendante de la maison. La majeure partie de ses journées se déroulait à l'extérieur, à surveiller les cultures et planifier la conduite de l'exploitation agricole. En cette saison, il s'occupait d'organiser les équipes venues tailler la vigne et dont le travail allait se terminer.

Jean Matthieu l'observa au milieu des rangées puis se mit en marche, parcourant rapidement la distance qui les séparait.

Contrairement à lui qui avait rasé ses cheveux pour en dissimuler la déroute, l'homme avait gardé ses belles boucles ondulées qu'il coiffait en arrière dans un style un peu démodé. L'exploitant agricole était à peine moins grand que lui, mais plus athlétique. Son visage était étroit, un peu ridé autour de ses yeux vifs qui brillaient de curiosité en regardant le policier approcher.

La rencontre ne dura pas, l'agriculteur n'avait rien à dire qui puisse l'aider. Le lieutenant perçut nettement l'indifférence de son ton : le défunt avait été en contact avec sa belle-mère, très peu avec lui ; son travail était prenant et il ne se préoccupait pas des chambres d'hôtes ; il possédait son propre appartement dans la tour, dont l'entrée indépendante lui évitait de rencontrer les clients. *À mon grand soulagement*, avait-il ajouté avec un sourire qu'il voulait complice.

Derrière l'indulgence amusée qu'il manifestait à l'égard des activités de sa belle-mère, l'enquêteur devina un réel mépris à l'encontre de la vieille aristocrate. Ce qui lui rendit l'homme tout à coup fort antipathique. Il prit congé rapidement, pressé de mettre un terme à cette conversation qui ne lui apprendrait rien de nouveau. Et puis Lambert songea que, de toute manière, il aurait tout loisir de le convoquer ultérieurement au commissariat. Il reprit la voiture.

La route était dégagée, sauf aux abords du supermarché planté à la sortie du village, au milieu des champs de maïs. Une longue file de voitures s'y était formée, les gens commençaient à faire des stocks. À la radio, un commentateur donnait les derniers chiffres sur la progression du virus en Chine où la province de Wu Han était en état de siège, le nombre de morts ne cessant d'augmenter. Les habitants confinés n'avaient plus le droit de sortir se ravitailler, le gouvernement avait pris des mesures pour que les repas soient livrés devant les portes des appartements. Tout contact était proscrit.

En France, les stocks de pâtes fondaient à vue d'œil et le papier toilette commençait à manquer.

Troisième partie

Confinement J–2

1

Dimanche 15 mars

Le commissariat bourdonnait d'une intense activité lorsque le lieutenant Lambert traversa les couloirs pour rejoindre son service. La veille, il était arrivé trop tard pour pouvoir faire un tour au bureau, et avait préféré rentrer chez lui se reposer pour mieux affronter la journée suivante. En pénétrant dans la pièce où l'attendait déjà un Nicolas Thebaud flamboyant, il songea que de son côté, l'entrain allait décroissant avec l'âge.

— Salut Jean Mat'. Café ?

Lambert déclina, impatient de prendre connaissance des conclusions du légiste. Nicolas était discipliné et savait s'accorder aux humeurs changeantes de son chef. Il sortit immédiatement le dossier comme s'il avait lu dans ses pensées.

— Fracture du crâne, mort sur le coup. Propre, si l'on peut dire. Le gars ne s'est pas vu partir. Le décès a eu lieu entre dix-neuf heures et minuit. Le légiste a relevé des contusions multiples sur les membres et le torse ainsi qu'une plaie au coude qui a cessé de saigner un peu avant sa mort. Peut-être qu'une première bagarre a eu lieu durant laquelle son coude a été blessé ; puis une seconde qui s'est terminée par l'utilisation fatale d'un objet contondant. Sinon, on ne sait toujours pas comment l'assassin est entré dans l'église. On a interrogé les voisins, personne n'a remarqué quoi que ce soit de suspect. Pour couronner le tout, on n'a pas retrouvé l'arme du crime.

— L'agresseur porte peut-être encore des marques de lutte, proposa Lambert.

— Oui, il faut vérifier les contusions éventuelles des personnes avec qui il était en contact au village. Une équipe creuse déjà le sujet.

Nicolas reprit le fil de son exposé :

— L'inspection de son appartement n'a rien donné. L'endroit est impersonnel et assez mal tenu. L'antre d'un vieux célibataire essentiellement préoccupé par des questions historiques et religieuses, d'après sa bibliothèque.

— Quelqu'un a songé à prévenir les membres de sa famille ?

— Je compte annoncer la nouvelle à son père

aujourd'hui. Il est très âgé, le personnel de l'EHPAD où il vit m'a dit au téléphone qu'il sucrait les fraises. Avec un peu de chance, il ne comprendra pas et pourra finir son bonhomme de chemin sans accroc. Il paraît qu'il ne se souvient pas toujours de son fils, alors…

Lambert se retint de répliquer, agacé par le ton désinvolte de son collègue, caractéristique à ses yeux de l'indifférence de la jeunesse à l'égard des aînés. Nicolas poursuivit :

— J'ai réussi à joindre son ex-épouse. Elle vit à Miami avec son nouveau mari et n'a pas eu l'air particulièrement attristée par la nouvelle. Leur aventure a été de courte durée, m'a-t-elle dit au téléphone, elle s'est dépêchée d'oublier Delagrange dès qu'elle a franchi l'Atlantique, il y a quelques années déjà.

Son rapport terminé, Nicolas leva les yeux vers Lambert, sollicitant une réaction d'un regard muet.

— Les documents trouvés à la maison d'hôtes et dans son appartement, ils donnent quoi ?

— J'ai terminé la lecture des scans hier au soir. Ce sont des ébauches d'articles liés aux activités du professeur, pour la plupart. J'ai également découvert un prospectus sur une résidence pour personnes âgées. Je ne vois pas trop où tout ça nous mène… J'ai aussi découvert les noms des occupants du pourrissoir sur une feuille annexée à une demande de subvention sur laquelle on trouve la mention manuscrite *accordée*. J'ai synthétisé la liste :

Le pourrissoir a été bâti par Loup Garsie II qui en a été le premier occupant. On en a trouvé mention dans les carnets de l'abbé Vergès conservés aux archives d'Auch. Mais le caveau contient au total dix squelettes, dont neuf ont été identifiés. Outre la dépouille de Loup Garsie II, il y a celle du vicomte Richard, du vicomte Raimond Arnaud 1er, d'Arnaud Raymond II. Un demi-siècle après la mort d'Arnaud Raymond, en 1296, le vicomte Arnaud Loup a demandé lui aussi à être enseveli dans le tombeau ancestral. Il est mort en 1300 et a donc été placé dans le puits au côté de son frère aîné, le vicomte Arnaud Raimond III mort en 1295. Son fils unique Loup Arnaud, mort en 1293, l'y avait aussi précédé.

Nicolas interrompit sa lecture. Nous en sommes à huit, dit-il en montrant ses doigts levés.

Ce n'est que plus tard, en 1329, que le vicomte Arnaud Raimond IV a fait un don mortuaire à l'occasion du retour des ossements de son cousin germain le vicomte Raimond Arnaud II. Il était mort sept ans auparavant en Écosse et souhaitait que ses restes soient rapatriés dans le tombeau de ses Pères. Ce fut la dernière fois que le pourrissoir fut utilisé. Et de neuf, donc.

Nicolas releva la tête pour apercevoir son chef lui indiquer de poursuivre son exposé :

Le dixième occupant pourrait être le vicomte Loup Raimond, le fils et successeur de Richard, assassiné en 1244 par le seigneur de Lanne et ses fils. Si les ossements du dixième vicomte sont ceux de son fils Loup Raimond, alors cela signifie qu'il a vécu ici. Une caméra miniature introduite dans la rigole qui servait à inonder le puits permettrait d'extraire d'autres vestiges dont on pourrait comparer l'ADN à celui des familles locales pour tenter de découvrir un lien qui rétablirait l'une ou plusieurs d'entre elles dans leur droit de rejoindre la liste des domaines figurant aux assemblées de la noblesse de 1789 répertoriant les seigneurs caviers et dont elles sont absentes à ce jour.

— Un devis du matériel nécessaire est joint à la demande de subvention, ajouta-t-il.

— Cette histoire d'ADN m'intrigue, commenta Jean Matthieu. Richard cherchait peut-être à compléter la généalogie de Loup Garsie. C'est peut-être une piste à suivre…

— Autre chose, reprit Nicolas : tu sais ce que c'est, une *caverie* ?

— Pas la moindre idée.

— Delagrange a dessiné un plan qui représente plusieurs maisons de Cagnotte. Le mot *caverie* est indiqué sur certaines d'entre elles. Je ne sais pas si ça a quelque chose à voir avec notre affaire…

— Je vais demander des éclaircissements à ses collègues ou au doyen… Ou à mon vieux père… Après avoir annoncé la mauvaise nouvelle à la famille, j'aimerais que tu lises le conte médiéval qui était posé sur sa table de nuit. Il y est question d'un combat dans un château et d'une poursuite. Fais des recherches ensuite sur la maison de retraite indiquée dans le prospectus. On fera le point demain matin, dit-il en enfilant sa veste.

Après le départ de son chef, Nicolas sauta dans une voiture de service et mit le cap sur Bègles. Il lui restait peu de temps pour annoncer au père la mort du fils.

2

Lambert avait dix ans lors du décès de sa mère dans un accident de la route. Son père, commercial en produits alimentaires et passionné d'histoire, se convertit alors en gérant de supérette pour se sédentariser et s'occuper de son fils unique. Pour tenter de faire diversion à la douleur, il lui racontait chaque soir les destins des rois de France et les campagnes napoléoniennes. Il prit très au sérieux son rôle pédagogique, instaurant des restrictions télévisuelles et des obligations littéraires. Jean Matthieu lisait tous les numéros d'*Historia* que son père recevait à la maison, mois après mois.

À la fin de l'adolescence, il avait longuement hésité entre une carrière de professeur d'histoire et le concours d'inspecteur de police. Son choix s'était finalement fixé vers sur l'action de terrain. Mais l'attrait pour l'histoire était une seconde nature chez lui. Sa curiosité avait donc été naturellement titillée par l'arrière-plan historique qui se dessinait autour du meurtre…

Le commissariat était en pleine activité quand il le quitta pour se rendre à Mérignac. Il avait besoin de son père pour appréhender la situation.

Après une vingtaine de minutes à se traîner dans les bouchons des grandes artères bordelaises, le policier pénétra enfin dans Mérignac. Il emprunta finalement la rue qui menait au *Proxi* que tenait encore le paternel à soixante-quinze ans passés. Il stationna son véhicule devant la supérette et poussa la porte du magasin.

Le comptoir derrière lequel se tenait le vieil homme était occupé par une caisse flambant neuve sur laquelle il enregistrait les courses d'une cliente particulièrement bavarde. Jean Matthieu attendit patiemment son tour en souriant derrière la dame. Il était quatorze heures et il mourait de faim. Après avoir embrassé son père, il lui indiqua la brasserie de l'autre côté de la rue afin qu'il l'y rejoigne.

Le vieux refusa un client, éteint les lumières, baissa le rideau et retrouva son fils devant un croque-monsieur et une bière. Il commanda un café et attendit en silence que Jean Matthieu finisse sa dernière bouchée de pain et de jambon. L'assiette terminée, il l'écouta en appréciant le style précis et concis qui faisait naître dans ses yeux la lueur de contentement de celui qui sait apprécier un raisonnement bien construit.

— Bien sûr que je vais te donner un coup de main, lui assura-t-il quand il eut terminé son exposé. Puis il sortit son portable pour passer l'appel que Jean Matthieu attendait de lui.

Le fils se leva pour aller régler la note pendant que son père parlait au téléphone. En passant derrière lui, il lui tapota le dos avec affection.

— Je savais que je pouvais compter sur toi, merci, lui dit-il.

Pour un observateur extérieur, difficile d'imaginer que ces deux-là étaient père et fils. L'inspecteur avait hérité de sa mère une charpente solide qui contrastait avec l'aspect chétif du vieil homme, leurs traits étaient assez différents, mais ils partageaient le même regard profond.

À la fois amusé et ému par l'enthousiasme du vieil homme, Jean Matthieu le regarda verrouiller le rideau métallique et y suspendre la pancarte *Fermé pour la journée*. Après tout, c'était dimanche, et le vieil homme pouvait bien s'accorder un après-midi de temps en temps.

Jean Matthieu se félicita des nombreuses amitiés que son père avait liées dans les milieux culturels grâce à sa science historique. Son entregent allait lui permettre d'obtenir le rendez-vous dominical dont il avait besoin.

Le directeur des archives de Mont-de-Marsan, Laurent Saubrigues, avait accepté de leur ouvrir le fonds documentaire consacré aux Seigneurs caviers du sud des Landes, son père avait profité du voyage en voiture pour lui raconter dans les grandes lignes l'histoire des demeures seigneuriales de Gascogne.

À leur arrivée, le conservateur les attendait, accoudé au balcon de son appartement situé au-dessus des archives.

L'édifice carré était posé sur une esplanade où se dressaient, à son extrémité la plus éloignée, les bâtiments rectilignes d'une ancienne caserne. Elle avait été transformée pour accueillir différents services de l'état et du Conseil Départemental. Au centre de ce vaste ensemble, la médiathèque offrait aux rayons du soleil déclinant les parois étincelantes de ses murs en verre, mariant son style audacieux à l'architecture classique des bâtiments disposés autour d'elle en forme de « U » ouvert sur boulevard par lequel ils étaient arrivés.

Pendant qu'ils se garaient sur l'esplanade, le directeur descendit les accueillir avec un plaisir manifeste.

— Quel bonheur de vous revoir, mon cher ami ! déclara-t-il avec emphase en englobant Jean Matthieu dans le même large mouvement de bras. Cela fait combien de temps ? Un an ? Deux ? Vous savez, vous ne me dérangez nullement, je suis d'astreinte comme souvent en fin de semaine et votre visite inattendue me procure beaucoup de joie. Ce n'est pas tous les jours que nous avons l'occasion de nous rencontrer !

Laurent Saubrigues était habillé dans un style résolument anglais. Avec sa veste de tweed aux coudes renforcés de cuir et son pantalon en velours finement côtelé, il se donnait une allure décontractée, chic, sans doute pour casser l'image poussiéreuse attachée à sa fonction, ou bien pour accentuer l'aspect britannique que lui donnait déjà son teint pâle de blond aux yeux clairs.

— Vous m'avez dit avoir besoin de consulter les archives concernant les caviers – il se préparait à ouvrir la porte des bureaux lorsqu'il se retourna, interrompant son geste un instant – en vous attendant, j'ai pris la peine de sélectionner quelques documents sur le sujet, mais, c'est curieux, un de mes agents a reçu la même demande vendredi.

Un pli d'inquiétude assombrit son front un court instant.

— Ce n'est pas un sujet qui intéresse grand monde, alors deux fois en deux jours !

Perturbé par cette information de première importance, Lambert voyait de surcroît que le directeur espérait une explication. Mais il n'en avait aucune à fournir et, de toute manière, la discrétion nécessaire à l'enquête ne l'autorisait pas à divulguer quoi que ce soit.

— Cette information a peut-être son importance... Mais je ne peux pas vous apporter plus de détails pour l'instant. Vous connaissez l'identité de la personne qui est venue se documenter ?

— Malheureusement non. J'ai vérifié en vous attendant : un adhérent aurait laissé une trace avec sa carte à puce. Mais ça ne devait pas être le cas et comme je suppose que c'est quelqu'un qui venait seulement consulter des documents sans faire de photocopies, il n'était pas utile de relever son identité. Je ne sais même pas s'il s'agit d'un homme ou d'une femme, mais je pourrai interroger l'agent qui était présent à ce moment-là.

— Oui, merci, je compte sur vous pour me tenir au courant. Maintenant, regardons ce qui nous intéresse.

— Il va falloir attendre un peu pour consulter les carnets de l'abbé Vergès, je ne les ai malheureusement pas sous la main et je n'ai pas pu les joindre au petit dossier que j'ai constitué à votre intention, dit-il en désignant les photocopies soigneusement rangées dans une chemise en carton. Ces derniers figurent aux archives du Gers, je vais demander à me les faire envoyer par courriel, vous les aurez demain. Ils ont été trouvés au grand séminaire d'Auch qui a fait don de quantité de documents provenant de fonds notariaux, d'archives privées et des dépôts des abbayes de Gascogne. Cela dit, j'en sais tout de même un peu sur les *caviers* et les *caveries*, dit-il en les conduisant vers un écran allumé à leur intention.

Laurent Saubrigues lut à voix haute :

— *Caverie* est le nom que portent les anciennes demeures attachées aux seigneurs d'Orthe. On en dénombrait quatorze au XIIIe siècle, époque où la charte de l'abbaye a été rédigée. Ce sont des maisons nobles, concédées au Moyen-Âge à des vassaux du vicomte qui assuraient en contrepartie la protection du territoire. Plus tard, au XVIIe, ces maisons sont passées aux mains de marchands et les ont anoblis. En effet, les titres n'étaient pas personnels, à l'époque. Seule la terre était noble en Gascogne, Béarn et Navarre, et c'était la possession d'une seigneurie qui conférait le titre nobiliaire. C'est ainsi que certaines familles de ce coin des Landes ont obtenu leur titre. Elles sont toutes citées dans le répertoire de la noblesse.

— Est-ce que nous pouvons le consulter ?

— Oui, tout est sur internet, suivez-moi.

Il les fit monter à l'étage par un ascenseur silencieux jusqu'à son bureau aux murs décorés de délicats croquis d'anciennes maisons landaises. La vaste pièce où Laurent Saubrigues avait établi ses quartiers comportait deux vastes baies vitrées qui laissaient passer la lumière adoucie du soleil déclinant. Jean Matthieu scruta l'heure sur la grosse horloge moderne qui occupait la moitié d'un mur à la décoration sobre et épurée. Il commençait à craindre que le conservateur se disperse dans des recherches complexes et incertaines, alors il décida, malgré son intention de ne rien divulguer de l'affaire, de partager quelques éléments de l'enquête afin de recentrer son attention. L'archiviste se désola en entendant le mot *marteau* :

— Quelle fin effroyable ! Et selon vous, sa mort serait liée à sa nouvelle campagne de fouilles ?

— Une équipe travaille sur sa vie privée en ce moment, mais oui : je pense qu'il a été tué par quelqu'un qui voulait l'empêcher d'aller plus loin dans ses travaux.

— Et pour trouver ce *quelqu'un*, il faut d'abord comprendre le *pourquoi* des recherches, résuma son père.

— En gros, c'est ça, confirma Jean Matthieu en s'installant devant l'ordinateur de Laurent Saubrigues.

— La famille Delaspre ne figure pas au registre, elle n'est pas noble, affirma ce dernier. J'ai lancé l'impression de la liste et vous l'ai aussi envoyée par mail.

Jean Matthieu se tourna vers son père.

— Cette liste, elle est établie à partir de quelle source ?

— La charte de l'abbaye de Cagnotte mentionne les noms de ses fondateurs. Mais celle dont nous disposons n'est peut-être pas la bonne. Vous avez sans doute entendu parler des moines copistes…

— Bien entendu, répondirent les deux autres de concert.

— Eh bien le texte a pu être tronqué par un mauvais copiste ou à dessein, qui sait ? On peut toujours échafauder des hypothèses… C'est peut-être ce qu'avait commencé à faire ce malheureux Delagrange… La famille Delaspre n'est pas noble, soit. Mais la proximité de son nom avec celui d'Aspremont est évidente… Avec le temps et une transmission surtout orale, beaucoup de noms de famille ont subi des déformations…

Ces éléments nouveaux dessinaient une piste qu'il convenait sans doute de suivre. Lambert était songeur.

Pour rompre le silence qui s'était abattu dans la pièce, Laurent Saubrigues ajouta :

— Je vous transmettrai les carnets de l'abbé dès demain par mail, j'espère qu'ils vous seront utiles.

Père et fils remercièrent vivement leur hôte et retrouvèrent leur véhicule sur l'esplanade. Jean Matthieu démarra, heureux de la présence paternelle à ses côtés.

— Tu passes la nuit chez moi ?

— Si tu as un pyjama et un rasoir, c'est d'accord.

Satisfaits de cet arrangement, ils passèrent les deux heures du trajet retour à discuter les éléments de l'enquête. Par le passé, l'avis de son père s'était avéré crucial. Extérieur aux enquêtes, il envisageait les choses sous un angle différent.

3

Le château de l'argile

Le chevalier avait pris soin d'organiser sa fuite. Lorsqu'il devint clair que la bataille était perdue, il s'engouffra avec son fils et ses deux filles dans l'étroit passage secret aménagé lors de la construction du château. Il se mit à courir en tirant par le bras la plus jeune qui trébuchait sur le sol inégal, gênée par sa robe dans le halo d'une torche avec laquelle son père peinait à troubler l'obscurité.

Au bout de ce qui leur parut une éternité, ils débouchèrent à la hauteur des douves qu'ils contournèrent rapidement en direction des écuries. Le chevalier choisit les deux meilleures montures de la garde, laquelle, alertée par les cris dans le donjon, avait déserté les lieux. Le bruit effrayant des combats hantait les murailles pendant qu'il harnachait les chevaux. Les fillettes, blotties l'une contre l'autre, avaient arrêté de pleurer, subjuguées par la peur. La plus grande fut installée derrière son frère aîné, l'autre devant son père. Ils partirent à bride abattue.

Ils coururent la campagne jusqu'à se sentir en sécurité derrière le rideau épais d'un bosquet d'épineux. Les chevaux ralentirent au pas, les enfants, encore sous le choc de l'attaque, comprirent confusément qu'elle signifiait déjà la fin de leur enfance.

Habité par la fureur, les cris, les supplications qui avaient retenti tout au long du combat, le chevalier vacillait. Accablé par son échec. Il se reprochait la légèreté avec laquelle il avait organisé la réunion. Son excès de confiance avait ôté tout esprit critique à ses partisans. Ils n'avaient pas su reconnaître le danger. Le chevalier avait sacrifié leurs vies sur l'autel de son impulsivité et de son orgueil, défauts qu'il avait pris pour du courage. Il ne s'était pas assez méfié du Vicomte de Béarn, ni des deux fils du seigneur de Lanne qu'il avait eu la faiblesse de prendre comme vassaux et qui l'avaient espionné. Le comte, qui n'attendait qu'une occasion pour mettre la main sur les terres d'Orthe, avait lancé ses troupes à l'assaut du château dès qu'ils lui avaient indiqué la date de la réunion secrète... Et tout était allé de travers pour le chevalier : les gardes n'avaient rien vu, étaient arrivés trop tard.

Lorsqu'ils avaient enfin surgi par le grand escalier qui menait à ses appartements, le mal était déjà fait. Il n'avait dû son salut qu'à l'existence du passage dérobé menant aux douves.

Les enfants trottaient à ses côtés, transis sous la pluie battante de cet interminable hiver. Encore épouvantés par les combats, hantés par la vision de leur mère tuée sous leurs yeux, ils choyaient le faible espoir de sauver ce qu'il restait de leur famille.

La fuite durait depuis des heures, les vastes champs détrempés avaient cédé la place à une forêt humide. La lune à demi-voilée de nuages noirs projetait les ombres inquiétantes des arbres nus qui les frôlaient de leurs branches. Dans le lointain, le chuintement d'une rivière encore invisible se transforma peu à peu en grondement. Ils l'atteignirent à la sortie d'un bosquet, sous une averse glacée qui transperçait leurs vêtements. La traversée du gave était impossible. Le père et ses enfants hésitèrent un instant puis décidèrent de remonter la berge à la recherche d'un gué.

Ils venaient de se remettre en colonne lorsque le léger mouvement d'une forme humaine devant eux les alerta. En rudoyant leurs yeux, ils parvinrent à distinguer les contours d'un lavoir en pierre où des sorcières lavaient leurs draps, comme elles en avaient coutume les vendredis à minuit. L'une d'elles s'était écartée de ses compagnes et s'avançait à leur rencontre. Les chevaux se figèrent, comme retenus par une main invisible, et le temps soudain arrêté suspendit les bruits de la forêt. La pluie cessa et le carré d'herbe où ils se tenaient se mit à luire. La sorcière s'immobilisa dans un rayon de lune laiteux et parla :

— Te voilà enfin. Je t'attendais… Le malheur d'assister à la fin de ta lignée, tel est le destin vers lequel t'a précipité ta folie. N'est-il pas vrai que tu viens de perdre ton épouse et ton château ? Tes enfants aussi vont bientôt mourir, car tes poursuivants sont proches. Sans moi tu n'as aucune chance de leur échapper avec tes chevaux fourbus et ces trois petits à bout de forces.

Une hallucination ! pensa le chevalier, ses yeux arrondis par la stupéfaction. Se reprenant, il répondit, très raide :

— Qui êtes-vous et comment savez-vous mon malheur ? Ne voyez-vous pas que je suis au désespoir, est-il besoin de me torturer encore ?

La sorcière le contempla d'un air rusé. Le halo surnaturel qui la nimbait gagna en intensité, dissimulant le groupe de ses compagnes, la rivière et la forêt dans l'ombre. Quant au grondement des eaux, il s'était tu…

— Peu importe qui je suis. Je peux t'aider et je te propose un marché.

Elle écarta les bras dans un geste qui déploya les grandes manches de sa robe noire.

— Les cavaliers qui te poursuivent sont à deux pas d'ici. Ils ont reçu de leur seigneur l'ordre de vous tuer, tes enfants et toi. Tu peux décider de sauver vos vies et ainsi d'assurer ta descendance. Il te suffit pour cela de m'abandonner ton âme.

Le chevalier sentit une douleur aiguë étreindre sa poitrine :

— Mon âme ? Mais… Nos vies valent-elles que je renonce à la suivante, celle qui est éternelle ?… J'ai juré devant Dieu de Lui être fidèle. Je ne peux faillir à ma parole, même pour épargner mes enfants.

— Ton premier devoir est de te sacrifier pour eux. Tu n'as pas le choix.

Il laissa tomber lourdement sa tête en arrière, sur la cape trempée qui recouvrait ses épaules, et ferma les yeux. Quelques secondes s'écoulèrent dans le plus parfait silence… Puis des bruits lointains investirent faiblement les lieux et s'approchèrent. Menaçants… Des sabots sur le sol et des cliquetis d'armures... Leurs poursuivants arrivaient... À bout de forces, vaincu, le chevalier, d'une voix blanche, accepta de donner son âme à la sorcière.

Elle disparut brusquement. Un mouvement d'air précipita l'envol des draps du lavoir. Ils s'entrelacèrent au-dessus du gave pour offrir une passerelle aux chevaux soudain revenus à la vie. Libres et à nouveau pleins de forces, ils s'y élancèrent tandis que leurs poursuivants, rendus à la rivière, se trouvèrent immobilisés dans l'argile épaisse qui en tapissait les berges.

Le chevalier et ses enfants s'enfoncèrent à travers la brume bleutée qui couvrait l'autre rive et furent rapidement avalés par l'obscurité.

Au matin, un soleil pâle éclairait de ses premiers rayons les ténèbres qui cernaient un magnifique château sorti de terre dans la nuit. Ils s'y installèrent et essayèrent d'y vivre joyeux malgré la mélancolie qui rongeait le chevalier maudit... Heureusement, les prières constantes de ses enfants, leur infinie ferveur et les pénitences quotidiennes qu'ils s'infligèrent, finirent par effrayer le diable qui rendit son âme au chevalier. Sa famille et sa descendance vécurent alors dans la paix et l'abondance.

La vie s'écoula paisiblement dans ce pays du sud des Landes où aujourd'hui encore plusieurs familles établies près des gaves qui le traversent se prévalent de ce noble lignage.

4

Jean Matthieu contourna Bordeaux par le périphérique pour rejoindre Mérignac. Il pensait à l'après-midi fort stimulant qu'il venait de passer. Son père, lui, s'était endormi. Pendant un instant, il imagina qu'il était revenu quelques décennies en arrière et qu'ils rentraient tous les deux dans leur petite maison après une journée passée à Bordeaux. Mais ce temps était révolu, et pour faire barrage à la nostalgie qu'il sentait naître, il recentra ses pensées sur l'enquête. Il croyait aux coïncidences. Pas au hasard. Delagrange avait choisi de loger chez Blanche Delaspre parce que le patronyme *Aspremont* apparaissait parmi ceux des fondateurs de l'abbaye. Le prof croyait à un lien entre cette famille et celle des vicomtes… Son père émergea tranquillement de son sommeil et prononça une phrase qui résonna comme dans un rêve :

— On tue pour de l'argent ou par amour. Et l'argent arrive largement en tête comme motivation, si tu veux mon avis…

Jean Matthieu ne releva pas. Il avait assez d'une piste à fouiller. Les deux hommes arriveraient bientôt à Mérignac, où la maison familiale l'accueillerait pour passer une bonne nuit de sommeil. La route avait fatigué l'officier de la PJ et c'est avec un plaisir teinté d'émotion qu'il retrouva son lit d'adolescent après avoir dîné avec son père pour la première fois depuis longtemps. Pendant que le policier passait ainsi une des meilleures soirées de ce printemps, le périphérique bordelais était en proie à une activité inhabituelle. L'approche du confinement avait jeté des milliers de Parisiens sur les routes en direction de leurs résidences secondaires ou chez leur famille en province. Comme pour un week-end du mois de mai ou de la Toussaint, la bretelle en direction d'Arcachon/Biscarrosse était saturée par les évadés de la capitale. Les mêmes phénomènes se produisaient sur le pont des îles de Ré et d'Oléron… L'exode ressemblait à celui observé quelques jours plus tôt en Italie, où les habitants du nord avaient propagé le virus dans des régions méridionales jusque-là préservées.

Lambert fils se réveilla vers deux heures du matin. *Pourquoi chercher à rattacher la famille Delaspre au répertoire de la noblesse, si c'était vraiment cela qu'il recherchait ?*

5

Blanche ne put joindre son amie Madeleine avant dix heures du matin. Elle avait dû attendre que la maison se vide et, si Philippe était parti tôt pour surveiller les équipes qui taillaient la vigne, sa petite fille Laure avait elle traîné au lit jusqu'à neuf heures passées. Blanche avait cru qu'elle ne s'en irait jamais. Heureusement, après son petit déjeuner, elle avait finalement décidé de faire une promenade à travers champs « pour me changer les idées » avait-elle signifié à sa grand-mère.

Elle avait à peine entendu démarrer le 4X4 qu'elle s'était précipitée dans sa chambre pour téléphoner.

— C'est Blanche, je peux te parler ?

— Si ce n'est pas trop long. D'où appelles-tu ?

— De ma chambre. Tu es au courant ?

— On ne parle que de ça. C'est dans *Sud Ouest*, avec une photo de ta maison et de l'église. Le curé a été interviewé. Les flics t'ont interrogée ? J'espère que tu n'as pas menti à la police, c'est vraiment la chose à ne pas faire.

— Le policier que j'ai vu n'avait pas d'idée précise de ce qu'il cherchait. Il allait juste à la pêche, rien de sérieux.

— Philippe était là ?

— Non. Le lieutenant l'a rencontré brièvement dans les vignes en repartant.

— Bon, tant mieux. Ils ont fouillé la chambre de Richard ?

— Oui, je les ai laissés prendre tout ce qu'ils voulaient.

Le débit de Blanche accéléra :

— Il faut que je te voie. Je suis inquiète, il m'a interrogée sur mes liens avec Richard. J'ai bien vu qu'il voulait me rassurer en me disant que c'était une simple formalité, qu'il rencontrait tous ceux qui avaient été en contact avec lui, mais il semble avoir déjà établi le rapport avec la maison.

Elle inspira bruyamment dans le téléphone avant de poursuivre :

— Madeleine, j'ai peur…

— Oui, je t'ai entendue. Viens dès que tu peux, je ne bouge pas d'ici.

Blanche raccrocha et resta un moment immobile dans la pièce silencieuse. Elle se sentait perdue. Elle avait trouvé Madeleine froide, presque détachée. Pas une seule fois au cours de leur brève conversation elle n'avait senti de sa part une quelconque sollicitude à son égard. Elle ne lui avait même pas demandé comment elle résistait, seule avec son secret.

Elle ferma les yeux et, quelques secondes plus tard, elle quittait sa chambre, la maison et le village. Son mari était tout près, l'entourant de ses bras, souriant ; son refuge, le pilier de sa vie. Comme il lui manquait… Elle attendit que les images de sa jeunesse disparaissent en chassant ses larmes, puis elle quitta la pièce en prenant soin de fermer la porte à clé derrière elle.

La cour pavée menait aux anciennes écuries transformées en habitations et garages. Elle manœuvra à grand-peine la porte derrière laquelle l'attendait son véhicule. Puis elle démarra et se mit en chemin pour rejoindre Madeleine.

Elle conduisait vite, il ne lui fallut que vingt minutes pour atteindre sa destination. La départementale n'avait pas encore été défigurée par des panneaux publicitaires, la beauté du paysage la saisit tout au long de sa course.

Elle descendit de voiture avec précaution, foula la cour qu'elle reconnut à peine. Elle n'était pas venue depuis une éternité, le téléphone avait depuis longtemps remplacé ses visites physiques. Depuis la dernière, près d'un demi-siècle plutôt, l'allée de graviers avait été agrandie et empiétait maintenant sur le jardin, qui lui parut singulièrement plus petit que dans son souvenir. Les massifs de roses avaient cédé la place à une pelouse bordée d'hortensias aux tiges encore nues à cette époque de l'année. En lisière du bois, d'énormes rhododendrons se fondaient dans la masse sombre des chênes et des noisetiers... C'est quelque peu affectée par ces souvenirs lointains qu'elle se décida à sonner à la porte.

À sa grande surprise, c'est sur une Madeleine à la peau grise et fatiguée que la grande porte s'ouvrit. Elle s'effaça pour laisser le passage à sa visiteuse. Les deux femmes arboraient un style similaire : jupe noire et cardigan en laine mauve pour l'une, gris pour l'autre. Le parfum d'un bouquet de mimosa disposé dans un vase d'argile couvrait à grand-peine l'odeur de renfermé et de vieillesse qui emplissait la demeure.

— J'étais en train d'allumer la télé pour Émile. C'est l'heure de la messe. Je ne sais pas ce qu'il y comprend, mais ça le calme pendant une heure.

Malgré la température agréable de la saison, un feu chauffait le salon. Devant l'âtre, une forme frêle s'agita dans un gros fauteuil de velours.

— Maman ? C'est toi maman ?

Madeleine expliqua, posant une main sur le bras de Blanche :

— Émile ne me reconnaît plus. Il ne supporte qu'Antoinette, la femme de ménage. Il la prend pour sa mère. Je ne sais pas combien de temps je vais pouvoir le garder ici.

Le vieil homme renversa le verre où Antoinette avait ajouté son médicament, l'interrompant dans sa déclamation. Madeleine appela Antoinette, les deux femmes quittèrent la pièce, laissant Émile suivre la messe.

— J'aurais préféré que tu ne le voies pas dans cet état… Il devient agressif, par moments. Il m'effraie… Vois-tu, je fonde beaucoup d'espoirs dans ce nouveau village Alzheimer, à Dax. Le docteur a promis qu'il lui obtiendrait une place.

— Mais comment ferons-nous, maintenant que Richard n'est plus là ? Ce qui lui est arrivé est affreux. J'aimerais tellement croire que je ne suis pour rien dans sa mort…

Madeleine n'aimait pas ce genre de démonstration qu'elle jugeait grandiloquente. Il n'était pas dans ses habitudes de se laisser aller et en supportait mal le spectacle chez les autres, fût-ce chez sa meilleure amie.

— Arrête, Blanche, ce n'est pas toi qui lui as fait du mal. Au contraire, souviens-toi plutôt de son enthousiasme à explorer ses nouvelles théories, comme il les appelait ! Dommage qu'il n'en ait pas eu le temps…

Elle se tut, visiblement préoccupée par une nouvelle idée tandis que Blanche attendait, suspendue à ses lèvres.

— Il y a bien une chose… Je venais de lui montrer un document appartenant à Émile, mais Dieu l'a rappelé avant qu'il ait trouvé le temps de se pencher dessus.

Madeleine réfléchissait, les yeux dans le vague, sans prêter attention à Blanche. Elle reprit :

— Je crois qu'il est grand temps que tu en prennes connaissance. Il faudra ensuite nous résoudre à faire confiance à quelqu'un d'autre. Nous n'avons plus le choix…

Intriguée, Blanche suivit Madeleine dans l'escalier, un peu rassurée par sa façon autoritaire de prendre les choses en main. Le choc provoqué par la mort de Richard Delagrange commençait à se transformer en chagrin. Cet homme avait su adoucir sa vieillesse en lui prodiguant la chaleur de son amitié. Dorénavant, seule Madeleine était en mesure d'atténuer sa peine.

— Je ne crois pas que Dieu ait quelque chose à voir avec ça, risqua-t-elle avec précaution en pénétrant à sa suite dans le bureau à l'étage. C'est à la police qu'il revient de trouver qui a fait ça.

Elles approchèrent du secrétaire. Madeleine, en passant ses doigts sur un coin du plaquage en loupe d'orme, libéra un compartiment secret qui contenait un carnet noir usé.

Le soleil déjà haut dans le ciel transperçait la fenêtre de ses rayons. Leur lumière laissait apparaître une multitude de grains de poussière sur la surface vernie de l'écritoire. Elle tendit lentement le carnet à Blanche.

— Dans l'état où il est, j'imagine qu'Émile ne verra pas d'inconvénient à ce que tu en prennes possession.

L'opuscule semblait très ancien, il comportait une cinquantaine de pages couvertes d'une écriture serrée illustrée de croquis délavés.

— C'est un de ceux qu'a laissés l'abbé Vergès derrière lui. Les archives d'Auch en conservent quelques-uns, mais celui-là mentionne la charte falsifiée, celle qui a fait disparaître tes ancêtres de la liste des domaines de l'abbaye.

— La charte falsifiée ? répéta Blanche, le carnet à la main, abasourdie.

— Oui. J'ai tout lu, c'est parfaitement clair.

Elle se tourna face à son amie dans un effort courageux pour affronter un possible éclat de colère.

— Je suis désolée, Émile m'interdisait de t'en parler, il en voulait encore à ta famille…

Blanche était trop pressée d'ouvrir le carnet pour s'attarder sur ces aveux. Ce qu'elle y découvrit était au-delà de ce qu'elle avait pu imaginer, elle dut s'asseoir.

La charte fondatrice de l'abbaye Notre Dame de Corbeta a été falsifiée au XIIIe siècle par les moines qui ont changé la liste des domaines. C'est à ce moment-là que la caverie de l'argile a été effacée, ramenant leur nombre à quatorze.

Elle était déroutée.

— Mais comment le vicomte de l'époque s'est-il laissé dépouiller de son titre ?

— Tu verras, tout est expliqué. D'après ce que j'ai lu, les moines devaient être en bisbille avec lui, ils ont décidé qu'il n'était qu'un simple bienfaiteur pour eux. En faisant cela, ils lui enlevaient sa qualité de fondateur de l'abbaye, donc son titre de noblesse.

— Mais si l'abbé Vergès a pu retrouver la trace de la charte fondatrice authentique, d'autres ont pu le faire également et découvrir la même chose !

— Peut-être… L'abbé ne dit pas où il l'a trouvée. Par contre, il n'a pas pu mentir, regarde, dit-elle en indiquant une double page soigneusement pliée recouverte d'un texte à l'écriture pâlie, il explique qu'il a copié le document d'origine.

— Mais alors, pendant tout ce temps, Émile savait et il n'a rien dit ?

— Émile était très fier de sa famille. *Les Lafaille ne sont peut-être que des nobles de province, mais il vaut mieux être le premier gentilhomme d'un petit état que le dernier d'une grande ville !* Je l'entends encore seriner sa maxime, comme s'il sortait de la cuisse de Jupiter ! Mais c'est comme cela qu'il a été élevé, on lui a enseigné le respect de la tradition et la légitimité des privilèges.

Blanche était sur le point de défaillir… Elle écouta tout de même avec attention ce que lui disait Madeleine.

— Tout ça pour te dire qu'il ne supportait pas l'idée que ton mari puisse se prévaloir du même rang que lui. Ils avaient toujours été concurrents et

Émile disait qu'au moins là-dessus, il avait la main. Moi ça m'était égal, je ne m'intéressais pas à ces histoires jusqu'à ce que tu me parles de ton projet.

— Si Richard avait eu ce carnet entre les mains, il ne serait pas mort, s'écria Blanche dans un sanglot. Tout est de ma faute !

— Ne crois pas ça, je viens de te dire que je le lui avais montré. Tu n'as pas de reproches à te faire, il était au courant. Il n'a pas eu le temps de s'en occuper, voilà tout !

Madeleine lâcha ces derniers mots en clignant des paupières fatiguées. Elle se sentait libérée d'un grand poids. Sa main s'appuya doucement sur l'épaule de Blanche.

— Tu ferais mieux de rentrer chez toi. Nous reparlerons plus tard de la façon de poursuivre ce que Richard n'a pas eu le temps d'achever. Je dois m'occuper d'Émile, maintenant.

Les deux femmes s'embrassèrent, Blanche reprit le volant tandis que Madeleine se dirigeait vers le téléphone. En fermant silencieusement la porte du bureau, la vieille dame songea à celle qui attendait son coup de fil. Justement, elle pourrait bien être la prochaine cible de l'assassin si ce dernier en était venu à soupçonner quelque chose. *Blanche ne m'en voudra pas de ne pas l'avoir tenue au courant, elle comprendra plus tard. Après tout, ce n'est pas elle qui vit enfermée avec un malade d'Alzheimer à l'écart du monde, je n'ose pas penser aux conséquences si elle se mettait à se confier à sa famille, il vaut mieux qu'elle ne sache rien.*

Blanche Delaspre aimait la vitesse, le bruit du moteur l'aidait à réfléchir. Elle sentait que quelque chose lui avait échappé au cours de sa conversation avec Madeleine… Toute à ses pensées, elle prit un virage un peu trop serré… un terrible coup de frein, dérapage, embardée. Un obstacle fit décoller la voiture comme une crêpe dans une poêle.

Le seul témoin de l'accident fut un agriculteur qui s'occupait de ses vaches dans un champ qui bordait la route. Il appela le 15, s'approcha et découvrit Blanche dans un sale état, immobile, silencieuse, les yeux ouverts. Démuni, impuissant, la seule chose qu'il se résolut à faire fut d'attendre les secours. Plus tard, il expliqua aux gendarmes : « J'ai vu un chevreuil se jeter sous les roues de la voiture ».

6

Pendant que Blanche était transportée en urgence à l'hôpital de Dax, à la demeure des Delaspre, les aboiements du chien avaient attiré Laure à la fenêtre de sa chambre. De là, elle avait observé la voiture de police banalisée franchir la grille. Elle n'attendait personne, encore moins la police... Elle avait déjà raconté sa découverte du corps. Que pouvait-on encore lui vouloir ?

Elle adressa un signe de la main au jeune policier avant de descendre lui ouvrir. Ce n'était pas la première fois qu'elle l'apercevait au village, mais il s'agissait de leur première rencontre officielle.

— Nicolas Thebaud, de la PJ bordelaise.

— Bonjour monsieur. Laure Delaspre. Je vous en prie, suivez-moi dans le salon.

Laure portait un pantalon moulant et, tandis qu'elle le précédait au salon, elle sentit le regard appuyé du jeune homme sur sa silhouette. La gêne la saisit, elle rougit. Lorsqu'ils furent assis, il lui posa une première question, ses yeux plantés dans les siens, sans émotion :

— Est-ce que vous reconnaissez ce document, Mademoiselle Delaspre ?

Il tenait dans sa main ce qu'elle prit d'abord pour un dépliant publicitaire. Nicolas nota le frémissement qui la parcourut à la vue de la photo du domaine Delaspre, probablement prise au début de l'été. Le parc y débordait de fleurs, la prise de vue mettait en valeur la beauté du bâtiment éclairé d'une subtile lumière dorée qui caressait les vieilles pierres. S'ensuivait une description détaillée des nombreux avantages offerts par la future maison de retraite. Le prospectus promettait les équipements les plus performants et un personnel nombreux et qualifié. Pour plus d'informations, il était conseillé de s'adresser à un office notarial dont les coordonnées figuraient sous le texte de présentation.

La peau de Laure devint écarlate sous l'effet de la surprise. Elle s'entendit déclarer d'une voix mourante :

— Ce n'est pas possible. Je ne comprends pas... Ma grand-mère ne peut pas se séparer du domaine... De toute manière, même si elle en avait eu l'intention, elle m'en aurait informée. C'est absurde ! D'où sortez-vous ce document ?

— Nous l'avons trouvé parmi les papiers du défunt, au milieu de ses notes sur le pourrissoir.

— C'est impossible, répéta-t-elle d'un air buté. Il faut que je parle avec ma grand-mère. Elle va bientôt rentrer…

— Après notre entretien, je vais aller interroger votre père. Il est peut-être au courant de quelque chose. Est-ce que votre grand-mère aurait pu se confier à lui…

— Si vous parlez de Philippe Lemaire, ce n'est pas mon père. Il a été marié à ma mère pendant trois ans, c'est tout. Ensuite elle est morte d'une infection généralisée.

Ses traits fins se plissèrent en une moue amère.

— J'avais six ans, à l'époque. Je me souviens à peine d'elle…

Nicolas se mordit mentalement les doigts d'avoir négligé la vérification des états civils. Trop de précipitation ! Heureusement que Jean Matthieu n'assiste pas à ça ! songea le jeune policier.

— Si Philippe avait été au courant de ce projet, ça aurait fait du bruit, croyez-moi ! Mon beau-père ne vit que pour le domaine, c'est toute sa vie, il n'aurait jamais été d'accord !

Elle parlait d'une voix tendue, Nicolas observa un tremblement qui commençait à l'agiter.

— Ma grand-mère n'aurait jamais…

Puis elle éclata en sanglots.

Nicolas la quitta après l'avoir réconfortée d'une simple main sur l'épaule. Flic, pas assistant social. Puis il se dirigea vers les vignes en coteaux où il savait trouver Philippe Lemaire.

Nicolas n'avait d'abord pas cru la jeune femme, quand elle s'était écriée ne pas être au courant du projet immobilier de sa grand-mère. Son ignorance ne lui paraissait pas crédible. La vieille dame n'aurait pas caché à son unique petite fille une décision aussi importante. Mais face au profond désarroi qu'elle avait montré ensuite et qui ne semblait pas être feint, il était revenu sur sa première impression. La jeune femme pleurait sûrement parce qu'elle se sentait trahie. Quelque chose clochait dans cette famille…

Le jeune policier n'était pas satisfait de la façon dont il avait mené son entretien. L'effondrement de la jeune fille l'avait décontenancé et il n'avait obtenu aucun résultat, aucune information, si ce n'était que Laure semblait tout ignorer de ce qui se tramait dans cette demeure…

7

Quelques minutes après le départ du policier, Laure reçut un appel de l'hôpital. Terrassée par la nouvelle, elle sentit le sol se dérober sous ses pieds. Elle s'étendit sur le sol, calma sa respiration, ferma les yeux… Lentement, son calme revint, elle put se lever et boire un verre d'eau. Elle recouvra ensuite assez de forces pour attraper une valise, y jeter quelques chemises de nuit et des objets de toilette, avant de sortir la vieille mini du garage et de foncer vers l'hôpital de Dax.

Elle se présenta à l'accueil sans tremblement dans la voix. Seuls ses yeux bouffis et ses lèvres gonflées trahissaient ses larmes récentes.

Blanche ouvrit les yeux. La pièce lui apparut dans une lumière crue qui donnait mal à la tête. La douleur lui étreignait tout le côté gauche, torturait sa respiration. Elle essaya de remuer les lèvres pour appeler Laure dont elle souhaitait désespérément la présence, mais aucun son ne sortit de sa bouche. Son visage lui semblait figé. Tout près de son oreille, le tuyau de la perfusion émettait un minuscule chuintement qu'elle percevait clairement. Une seule pensée tournait dans sa tête : il fallait qu'elle voie Laure, qu'elle lui parle du carnet… La pompe à morphine automatique envoya une dose… Une minute et quelques secondes plus tard, son esprit partit battre la campagne. Elle était dans un lit aux draps blancs, trop minces pour enlever la sensation de froid humide qui la pénétrait. Sa mémoire lui envoya l'image de l'effroyable choc de la voiture contre l'animal, superposée à celle du carnet. Il fallait que Laure aille le chercher. Il avait peut-être roulé sous un siège… Si la voiture était conduite à la casse, le précieux document serait définitivement perdu. Puis un trou noir s'ouvrit dans lequel elle vit voler son mari. Sa présence était une gêne… il l'empêchait de respirer. Des années sans le voir, sans le sentir, et voilà qu'il choisissait ce moment pour resurgir. Et puis quel était ce caquètement autour d'elle ?… Les morts. Les voix de ceux qu'elle avait connus et qui l'appelaient à les rejoindre… Au moment de franchir la frontière, Laure pénétra dans la chambre. Elle glissa dans l'espace étroit entre le lit et le mur jusqu'à une chaise.

Penchée au-dessus du visage tourmenté, Laure trouva le teint cireux de sa grand-mère inquiétant. Sa respiration sifflait. Elle semblait tellement vulnérable… La rigueur que Blanche avait érigée en règle de vie durant toutes les années où elle lui avait tenu lieu de mère et de père, avait fondu dans son lit médicalisé. Son autorité aussi. Travail, discipline, obéissance… Et, surtout, si peu d'amour… Ses rares manifestations de tendresse se terminaient souvent en larmoiements. Tout était la faute de cette fille chérie qui lui avait laissé une enfant sans jamais dévoiler le nom du père.

À l'époque, sa mère n'avait que vingt-deux ans. Six ans plus tard, alors que la petite Laure était en âge d'entrer au pensionnat, cette mère souvent absente l'avait définitivement abandonnée en quittant ce monde. La grand-mère s'était débarrassée d'une partie de ses responsabilités en la confiant aux religieuses.

Ce mauvais départ dans la vie avait rendu Laure craintive, sans confiance. Elle conservait, autour du cou, un médaillon portant la photo de sa grand-mère. Elle ne la tenait pas pour responsable de ses souffrances, elle avait retenu la leçon : tout était de sa faute.

Laure rangea les chemises de nuit et le nécessaire de toilette dans le placard et la salle de bains. Personne ne savait lui dire combien de temps allait durer l'hospitalisation. Laure repoussa fermement l'idée de la mort. Elle n'osait penser à ce que serait sa vie dans cette grande maison qu'elle devrait partager avec son beau-père…

Elle versa de l'eau dans le verre posé sur la table de nuit, puis s'avança dans le couloir vers le bureau des infirmières qu'elle trouva vide. Un profond silence régnait. Laure revint sur ses pas et reprit sa place sur la chaise, près de sa grand-mère qui luttait contre la mort.

— J'ai besoin de toi, grand-mère, tu es tout ce qu'il me reste.

8

Nicolas Thebaud avait trouvé Philippe Lemaire dans les vignes, mais ce dernier étant trop occupé pour lui consacrer un moment, ils avaient convenu de se retrouver à la maison à seize heures, le gendre de Blanche lui ayant précisé que la porte restait toujours ouverte dans la journée et qu'il pouvait s'installer dans le salon. Ce délai convenait à Nicolas : il lui laissait le temps de prendre connaissance des rapports qu'il avait amenés avec lui et de commencer à jeter sur le papier ses premières conclusions et ses interrogations sur l'affaire.

En dévalant le coteau, il avait aperçu la voiture de Laure rouler en direction de la route nationale.

Nicolas avait un sens aigu de l'observation et une grande vivacité d'esprit, deux qualités qui avaient impressionné le jury lors de son concours d'officier. Ajoutées à sa patience et à son opiniâtreté, elles lui conféraient une grande efficacité qu'il utilisa à plein régime pendant l'heure qui le séparait de son rendez-vous avec le régisseur du domaine. Après avoir déplacé un bouquet de lilas dans la pièce adjacente pour ne pas subir son parfum entêtant, il ouvrit un cahier qu'il avait en permanence sur lui et commença par synthétiser le compte-rendu de son entrevue avec Laure. Poser ainsi les éléments d'une enquête noir sur blanc lui avait déjà permis de déceler des éléments nouveaux. Une sorte de brainstorming individuel… Il écrivit :

Victime + Cagnotte = Blanche Delaspre / Laure Delaspre / Philippe Lemaire / Curé. Suivaient des notes sur ce qu'il savait d'eux et de leur rapport avec la victime.

Sur une deuxième page, il nota :

Victime + Bordeaux = Doyen de la fac / Père de la victime / Ancienne épouse / Assistante Anne Baillanx. Il ajouta la mention *à faire* sous ce dernier nom en se souvenant qu'elle était actuellement en déplacement à l'abbaye de Fontevraud.

Il consacra la troisième page au volet historique : Delaspre / d'Aspremont / 10e vicomte d'Orthe / Pourrissoir / Château de l'argile (conte) / Abbé Vergès, en laissant suffisamment de place sous chaque intitulé pour y noter les informations à venir.

Il consulta sa montre et jaugea l'épaisseur du dossier qu'il avait rassemblé en fin de matinée après son départ de la faculté d'histoire. Il estima qu'il avait suffisamment de temps pour en venir à bout, aussi s'installa-t-il confortablement pour le lire. Le calme de la maison était propice à la concentration.

L'enquête sur la vie privée de Richard Delagrange n'avait rien donné et ses collègues de la fac, qui avaient d'ailleurs paru plus étonnés par la nouvelle de son décès que réellement affectés, n'avaient rien révélé d'intéressant à son sujet. Richard n'avait pas d'ennemis connus, pas réellement d'amis tout court. Ses relations professionnelles étaient toujours demeurées courtoises, se limitant aux échanges indispensables. Le doyen avait été plus prolixe. Nicolas lut la retranscription de l'audition :

Personne ne lui souhaitait du mal, mais à mon avis il se fourvoyait à vouloir poursuivre son travail sur un sujet déjà traité et sur lequel, nous en étions convaincus, rien de nouveau n'émergerait. Je l'avais prévenu : sa passion pour les rites anciens liés à l'eau était une perte de temps et d'argent. Vous n'êtes pas sans savoir que les crédits alloués à la recherche diminuent chaque année, alors repartir une énième fois sur l'étude de ce pourrissoir à Cagnotte, pensez bien que nous trouvions l'idée saugrenue !

Le doyen avait ajouté qu'à son grand étonnement, Delagrange avait pourtant réussi à obtenir les crédits nécessaires à l'étude de sa marotte.

Il doit avoir ses entrées au Conseil Départemental, avait-il ajouté.

Nicolas s'était demandé pendant un court moment s'il devait envisager une possible rivalité entre les deux hommes, avant d'en abandonner l'idée. Tous deux étaient en fin de carrière et leur animosité, si elle existait, ne devait pas aller beaucoup plus loin que l'échange de quelques coups bas, de paroles fielleuses et de noms d'oiseaux.

La suite du dossier contenait une évaluation établie l'année précédente par les instances universitaires. Delagrange y était décrit comme un personnage un peu falot, en proie à des difficultés croissantes pour assurer ses cours. Depuis quelques années, l'universitaire n'était plus vraiment l'enseignant compétent qui avait dirigé son département avec fougue et énergie par le passé. Ses évaluations mentionnaient un tempérament angoissé, au point qu'il ne pouvait plus pénétrer dans un amphithéâtre. Une note plus confidentielle datée de l'année précédente indiquait que ses collègues interrogés sur le sujet pensaient qu'il n'avait jamais réussi à accepter le départ de sa femme. C'est à partir de cet évènement qu'il avait commencé à perdre ses moyens face aux étudiants. Au point même que certains d'entre eux s'étaient montrés hostiles à sa présence dans un amphithéâtre, craignant de rater leur examen par sa faute. Le reste du mémo faisait état de consultations médicales, évoquait un *burn-out* et sa résistance à accepter un congé maladie pourtant jugé souhaitable pour l'aider à remonter la pente. *Nous ne sommes pas très charitables dans ce milieu vous savez*, avait déclaré, un peu gêné, le jeune maître de conférences qu'il avait interrogé. La quarantaine sympathique, il occupait le bureau mitoyen de celui du regretté universitaire. Il avait ajouté que le doyen, suite à cette note interne et soucieux d'éviter un suicide dans sa faculté, lui avait accordé une dispense d'enseigner. C'était du moins un bruit de couloir persistant… En tout cas, ce fut une décision inespérée pour Richard Delagrange qui avait rapidement retrouvé le goût de vivre en reprenant son unique objet d'étude : le pourrissoir de Cagnotte.

L'homme logeait chez Blanche Delaspre avec qui il entretenait une relation amicale. Un élément que la vieille dame avait pris soin de dissimuler lors de son entretien avec son supérieur. Nicolas s'empressa de stabiloter cet *oubli*. Delagrange n'était pas un client ordinaire…

Seize heures sonnèrent au clocher de l'église. Nicolas referma le dossier. Il rangea avec soin son cahier dans la serviette en cuir qui le suivait partout depuis ses années d'étudiant. Puis il se leva et approcha de la fenêtre pour voir si son rendez-vous était en vue. Et Philippe Lemaire était ponctuel : il l'aperçut au loin, trottinant sur le chemin qui reliait les vignes à la maison.

L'homme entra dans la pièce suivi d'effluves de fleurs champêtres.

— Je suis désolé d'interrompre votre travail, surtout à cette époque de l'année, l'accueillit poliment Nicolas.

— Ne vous excusez pas, répondit Philippe Lemaire en serrant à nouveau la main de Nicolas, au moins je saurai ce qu'il s'est réellement passé au lieu de subir les histoires fantaisistes qui circulent dans le village.

— Les faits en eux-mêmes sont simples : le locataire de votre belle-mère a été assassiné d'un coup de marteau à côté de son objet d'étude : le pourrissoir de l'église. Ce qui est compliqué, c'est le mobile. J'ai besoin de mieux appréhender sa personnalité pour faire progresser l'enquête.

Philippe hocha la tête, attentif à dissimuler son inquiétude à l'idée que ce policier allait entrer dans son intimité. Cela risquait de modifier l'équilibre fragile qu'il avait mis tant d'années à construire pour mener sa vie comme il l'entendait. Il hésita sur la conduite à tenir. Il ignorait ce que Blanche avait pu révéler de son amitié avec l'universitaire ni de ce qu'elle avait pu dire sur lui et de la place qu'il occupait dans la maison.

— Vous prendrez bien un café ou un thé ?

— Avec plaisir, répondit Nicolas en suivant Philippe qui le conduisit dans une autre partie de la maison.

— Nous serons plus à l'aise chez moi pour parler.

La porte de son appartement était moulurée dans le même style un peu vieillot que le reste de la maison, Nicolas fut surpris par le contraste en découvrant le salon moderne qu'elle dissimulait. Chaque meuble semblait avoir été choisi pour occuper une place et une fonction bien définies. Le devant de la fenêtre était occupé par un bureau de style scandinave aux lignes épurées sur lequel une lampe à l'abat-jour en verre bleu de Murano rappelait la couleur ciel du canapé au centre de la pièce. Une table basse carrée les séparait. Des étagères blanches couvraient la plupart des murs. Nicolas remarqua que les ouvrages étaient classés avec une rigueur toute militaire : de part et d'autre des deux hautes fenêtres, plusieurs rangées de beaux livres sur les guerres d'Algérie, d'Indochine et du Viêt Nam surmontaient une collection de romans plus classiques et des manuels professionnels sur l'agriculture biologique et la vigne. Le seul mur resté libre était habillé d'un grand tableau à l'huile représentant la maison à une époque plus ancienne. C'était l'unique concession au passé dans le choix de la décoration. *Le respect de la lignée*, pensa Nicolas, qui eut le loisir de s'imprégner de l'atmosphère pendant que son hôte s'affairait dans la petite cuisine attenante. Il vit par la porte entrebâillée qu'elle avait été choisie avec le même souci de légèreté et d'espace, avec son enfilade de placards blancs au-dessus d'un plan de travail en marbre. Une plaque de cuisson faisait face à deux fours encastrés dans un meuble en colonne qui épousait parfaitement un des angles de la pièce.

Nicolas se souvint que l'homme avait passé ses jeunes années dans l'armée, dont il avait su garder le goût de l'ordre et de la discipline. Il se demanda si la femme de ménage avait le droit de pénétrer dans ce sanctuaire. *On se croirait dans un show room*, songea le policier. Lui qui aimait retrouver la chaleur du joyeux désordre de son appartement après sa journée de travail, ici il n'y avait ni plantes vertes ni chaîne Hi-Fi pour égayer l'existence.

Philippe revint avec les cafés, il l'invita à s'asseoir sur le canapé, face à la fenêtre. Le travail en plein air ne lui avait pas ôté son aspect d'élégant hobereau de campagne, avec son pantalon kaki rentré dans des bottes en caoutchouc et sa chemise en lin négligemment sortie au-dessus d'une ceinture en croco visible par endroit. *On dirait qu'il s'est habillé pour une promenade à cheval,* pensa Nicolas. Le policier nota également que l'homme était assez petit mais qu'il se dégageait de lui une force brute qui lui conférait une certaine prestance. Il devait avoir dans les cinquante ans, peut-être davantage, comme le laissait supposer le fin réseau de rides sur son visage. Il s'adressa à Nicolas d'une voix au timbre aristocratique étudié :

— Vous prendrez bien une part de gâteau ?

Nicolas déclina l'offre. Ce qu'il venait chercher ne s'accordait pas avec le ton de légèreté mondaine que Philippe entendait donner à l'entretien. Le beau-père de Laure s'assit alors sur le fauteuil du bureau et reprit :

— Je crains de n'avoir pas grand-chose à vous apprendre au sujet de Richard Delagrange. Je ne le voyais pas beaucoup. Comme vous le savez certainement, je vis reclus dans cette partie de la maison et n'ai pratiquement aucun contact avec les personnes qui transitent du côté des chambres d'hôtes.

— Vous l'avez aperçu, vendredi dernier ?

— Oui. J'avais une heure à tuer, ma belle-mère m'a demandé de lui apporter des papiers à l'église. Je les lui ai confiés et je suis parti. Si vous voulez que je fournisse un alibi pour la nuit où il a été tué, tout ce que je peux vous dire, c'est que j'étais ici, comme chaque nuit. J'ignore si quelqu'un pourra en attester. Nous menons, Blanche et moi, des existences bien séparées. Nous ne nous parlons, pour ainsi dire, que pour évoquer la situation financière de l'exploitation, répartir les dépenses et discuter des investissements… Ce genre de choses. De plus, la maison est grande, un avantage que nous apprécions tous les deux, car il préserve l'intimité de chacun. Il s'arrêta, frappé par l'idée que ce besoin d'indépendance pouvait se retourner contre lui.

— Vous savez pourquoi Delagrange avait besoin de ces papiers ?

Philippe manifesta un signe d'irritation à peine perceptible.

— Non, et je ne peux pas dire que ça m'intéressait.

— Vous n'avez pas cherché à savoir de quoi il retournait ?

— Je n'avais pas ce genre de conversations avec lui, nous nous connaissions très peu.

— À votre avis, pourquoi votre belle-mère ne pouvait-elle pas attendre le retour de monsieur Delagrange pour les lui transmettre ? Vous ne vous êtes pas demandé ce qu'il y avait de si urgent ? – Il continua en quittant son cahier des yeux qu'il leva vers Philippe : Vous saviez que la maison allait être vendue ?

Philippe se leva et se servit un verre de porto, sans lui en proposer.

— Blanche m'en avait parlé, mais je pensais avoir réussi à l'en dissuader. Où serait-elle allée ? Elle n'a pas d'autre famille que la fille de ma défunte épouse, et elle sait bien qu'elle ne peut pas vraiment compter sur elle… La pauvre fille n'est pas assez dégourdie pour se lancer dans une nouvelle existence avec une personne à charge comme sa grand-mère. En tant que régisseur du domaine, je suis responsable de sa rentabilité, mais peut-être ai-je négligé une partie de mon rôle… Son projet de vente m'a fait réaliser que j'aurais peut-être dû l'épauler aussi dans la gestion de la maison… J'avais l'intention d'avoir cette discussion avec elle.

Nicolas fut frappé par la froideur de Philippe à l'égard de sa belle-fille. Il se souvint d'un élément suggéré la veille par Lambert, de retour de sa visite à Dax, au sujet des mobiles les plus fréquents dans les affaires de meurtre : *l'amour et l'argent*. Le sexe était curieusement absent de toutes les interactions entre les personnes qu'il avait interrogées. Quant à l'argent, le policier se dit que le sujet avait été soigneusement évité par Philippe. Or, il était probable que les intérêts des différents protagonistes de cette histoire risquaient d'être bouleversés dans le cas d'une vente de la propriété. Malgré le mal de tête qu'il sentait poindre, avec quelques efforts, il fit resurgir de sa mémoire les principes de droit qu'il avait étudiés quelques années plus tôt. La propriété, qui appartenait en totalité à Blanche, pouvait légalement être vendue sans l'accord préalable de Philippe, lequel, malgré sa qualité d'ex-époux de la fille décédée de Blanche, ne pouvait se prévaloir d'aucun droit. Ni celui d'en obtenir une part ni de poursuivre son travail en tant que régisseur du domaine, d'autant plus qu'il n'avait pas eu d'enfant avec la défunte. Le grand perdant de cette vente serait Philippe Lemaire… Mais était-ce suffisant pour en faire un assassin ? Et que venait faire l'inoffensif Delagrange dans cette histoire ? Sa présence à Cagnotte, en ravivant des histoires millénaires, avait-elle constitué une menace pour quelqu'un ?… Le silence qui s'était insinué pendant ses réflexions devint inconfortable, Nicolas salua le régisseur et s'en alla.

Le confinement débutait deux jours plus tard, à la suite de l'Italie qui pleurait un nombre de morts en constante augmentation. Toute activité jugée non essentielle devrait cesser ce jour-là.

Les journaux, les chaînes de radio et de télévision appelaient la population à respecter cette mesure sanitaire qui, seule, pouvait empêcher le débordement des cas positifs dans les hôpitaux. Le but étant de freiner le nombre de cas graves qui y étaient traités. On commençait à manquer des équipements essentiels : respirateurs, blouses, masques, gants… Les ministres et les médecins interrogés en boucle sur les chaînes d'information paraissaient dépassés par la violence de la pandémie. Les flashes annonçaient des contrôles stricts et des amendes pour les contrevenants.

C'est pour permettre aux membres de sa famille et à ses amis de se déplacer que les obsèques de Richard Delagrange furent avancées d'un jour, avant que toute circulation ne soit interdite. Un faire-part dans le journal Sud Ouest annonça que la cérémonie aurait lieu le lundi 16 mars 2020 à 17 heures en l'église de Cagnotte.

Quatrième partie

Confinement J–1

1

Lundi 16 mars 2020

Nicolas arriva tôt au commissariat et eut ainsi le temps, en attendant Lambert, d'improviser un petit déjeuner avec des croissants achetés à la boulangerie du coin. Il était en train de verser l'eau brûlante de la bouilloire sur le café en poudre au fond de sa tasse quand son chef pénétra dans le bureau. Il lui adressa une grimace en regardant la mixture.

— Tu bois jamais de vrai café ?

Nicolas sourit :

— C'est comme la vraie fourrure, je n'en porte pas non plus, question de principe.

Jean Matthieu sourit tout en s'installant dans son fauteuil. Il n'était pas contre un croissant ou deux, il n'avait pas pris le temps de déjeuner avant d'arriver. Les volutes de café lui chatouillaient les narines, tant pis pour le véritable arabica, il se servit une grande tasse.

Il refusait de se mettre la pression : le confinement prévu pour le lendemain ne les empêcherait pas de mener à bien leur enquête. Nombre de collègues avaient reçu la consigne de se déployer sur le terrain pour faire respecter les mesures gouvernementales et juguler les déplacements de population, qu'à cela ne tienne, il se débrouillerait seul avec son adjoint.

Nicolas buvait son café en regardant loin par la fenêtre. Appuyé nonchalamment contre le mur, avec son pantalon rouge et un de ses éternels pulls en cachemire, il ressemblait plus à un yuppie qu'à un officier de la PJ, même débutant.

Jean Matthieu lui fit signe de s'asseoir face à lui, et lui demanda un résumé de sa journée à Cagnotte. Nicolas s'exécuta, exposant ses réflexions soigneusement notées dans son cahier.

— Dès que nous aurons mis le doigt sur le mobile, le champ de nos investigations se rétrécira forcément. Je penche pour la vente de la maison, pas parce qu'elle va rapporter une grosse somme d'argent à Blanche Delaspre, mais plutôt parce qu'elle va considérablement bouleverser l'existence de plusieurs personnes qui y sont très attachées. En premier lieu Laure Delaspre, la petite-fille, et Philippe Lemaire, le gendre.

— Que penses-tu de lui ?

— Il se tient éloigné de la vie de la maison. Il dispose de son propre appartement, ce qui lui permet de vivre une vie de célibataire. Il a l'air de bien tenir le domaine.

Nicolas fouilla les papiers restés dans sa serviette.

— J'ai les copies des trois derniers exercices comptables, les bilans paraissent tout à fait honorables.

— C'est lui qui les a fournies ?

— Non, j'ai demandé l'aide de la financière, ils ont été très réactifs. Tu penses qu'il a quelque chose à voir avec le meurtre ?

— À première vue, non. Il ne connaissait pratiquement pas Richard Delagrange et il ne s'intéresse ni au pourrissoir ni à l'histoire de la famille Delaspre… On dirait que depuis qu'il a perdu sa femme il se considère comme dégagé de toute obligation vis-à-vis de sa belle famille. Il gère le domaine comme un employé modèle, logé gratuitement par son patron.

— Je me demande si on peut tuer quelqu'un pour le coût d'un loyer, rétorqua Lambert.

— Peut-être pas, mais il n'en reste pas moins

qu'avec la vente du domaine, il risque de se retrouver à la rue. Et que dire de son investissement dans les vignes et sur l'exploitation en général ? Il a dédié sa vie au lieu, l'a façonné de ses mains, et subitement, on devrait tout lui retirer sans qu'il n'y trouve rien à redire ? Dis-moi, chef, si tu étais à sa place, tu ne chercherais pas à obtenir quelques garanties pour la suite de la part de la propriétaire ?

— Je suis d'accord avec toi, Lemaire avait un vrai mobile pour faire capoter la vente. Il aurait bien pu assassiner sa belle-mère. Mais je te rappelle que c'est Delagrange qui est mort, pas la vieille… On ne creuse peut-être pas où il faut. Il pourrait s'agir de tout autre chose. Il faut garder en tête le travail de la victime. Sa mort semble liée à ses recherches sur les vicomtes d'Orthe et plus particulièrement sur le dixième, objecta Lambert.

— Et si Delagrange cherchait à établir un lien entre ce dixième vicomte et la famille Delaspre ? Ça expliquerait pourquoi il avait l'intention de faire analyser l'ADN des os trouvés dans le pourrissoir. Le conte médiéval sur le château de l'argile s'emboîterait bien dans ce scénario, s'emballa Nicolas.

— La maison des Delaspre pourrait avoir été construite sur son ancien emplacement, proposa Lambert.

— Et comme c'est la terre qui confère le titre de noblesse, ça voudrait dire que Blanche devait être intéressée au plus haut point par ses recherches. Si l'universitaire était parvenu à obtenir des analyses ADN, alors qui sait ?

— Mais il n'en a pas eu le temps. Et nous ne savons pas à quoi cette preuve aurait servi. Il faudra interroger Blanche Delaspre dès que les médecins nous donneront leur accord.

— J'ai appelé le service où elle était en observation, la vieille semble hors de danger. Elle devait même rentrer chez elle ce matin. Cette génération est d'une solidité à toute épreuve, il paraît qu'elle ne souffre que de contusions mineures.

— Tant mieux. Qu'est-ce que ça a donné du côté des carnets de l'abbé Vergès, tu as eu le temps de les parcourir ?

— Oui, les archives d'Auch ont fait du bon travail, tout était classé de façon chronologique. De nombreuses pages concernent l'histoire de l'abbaye et ses rapports avec les seigneurs locaux. Mais il y a peu de choses sur le pourrissoir. Une équipe est dessus jusqu'à demain, on verra s'ils trouvent du nouveau. Pour l'instant, c'est encore trop tôt…

— Dommage que nous ne puissions pas interroger Blanche Delaspre aujourd'hui, ça nous aurait fait gagner du temps, soupira Jean Matthieu en saisissant le prospectus publicitaire de la future maison de retraite où figurait l'adresse du notaire qu'ils s'apprêtaient à rencontrer.

Ce début de journée ne pouvait pas mieux s'annoncer pour entreprendre la traversée de Bordeaux. Bien que légèrement voilé par des brouillards matinaux qui peinaient à se dissiper, le soleil chauffait déjà avec ardeur la surface des trottoirs encore trempés de pluie. Les vitres des immeubles étincelaient.

Le cabinet notarial était installé dans une belle maison bourgeoise en cours de ravalement. Des échafaudages couvraient la façade et ils durent enjamber des gravats pour accéder aux marches du perron. Le silence qui régnait à l'intérieur contrastait agréablement avec les bruits du chantier et les cris des ouvriers qui s'activaient autour du bâtiment. Une secrétaire discrète les pria de la suivre au fond d'un long couloir où se situait le bureau du notaire de Blanche Delaspre. Manifestement, ils étaient attendus.

Le cabinet Cazaux, Labarthe et Oriaux jouissait d'une solide réputation, basée sur la gestion prudente des biens confiés depuis plusieurs générations par de riches familles bordelaises. Le bureau où ils furent introduits avait été meublé de façon à renforcer l'impression de sécurité et de solidité financière. Les policiers comprirent que ces meubles imposants et ce papier peint écarlate assorti à de lourds rideaux de velours étaient avant tout destinés à rassurer les clients de l'office. Pourtant elle sentait le renfermé, comme si elle était restée longtemps inoccupée.

Maître Cazaux tira les voilages pour dissimuler les ouvriers en plein travail, puis les invita à s'asseoir dans deux fauteuils modernes. Lui-même s'installa au centre de la pièce, derrière un énorme bureau de style *Retour d'Égypte* que les deux policiers jugèrent assez prétentieux avec ses dorures et les deux têtes de sphinx en sentinelle sur chaque bord. Dotée d'une seule fenêtre et les rideaux tirés, la pièce était vraiment sombre. Maître Cazaux se tenait droit comme un « I » sur sa chaise en acajou, sans doute une manière de compenser le désavantage que lui infligeait sa petite taille, dans un métier où l'apparence comptait tout autant que le savoir-faire. Il tenait dans sa main un exemplaire du dépliant qu'ils avaient également apporté et sur lequel figurait la photo du domaine Delaspre.

— Ma secrétaire m'a informé de l'objet de votre visite, je suis bien sûr disposé à vous apporter mon concours dans cette malheureuse affaire.

Ses yeux se détournèrent un moment pour laisser place à une expression de tristesse. De profil, il paraissait presque vulnérable avec ses cheveux rares et ses traits creusés.

— Je connais bien la famille Delaspre. Je suis tellement désolé de ce qui est arrivé à cette pauvre Blanche…

Les policiers attendirent la suite, indécis quant au sens de ces derniers mots. Le notaire était-il au courant de l'accident récent de la vieille dame, ou bien faisait-il allusion à la mort de Richard Delagrange qui mettait Blanche Delaspre, son hôte, dans une situation inconfortable ?

— Avant d'en venir à cette histoire de mise en vente, reprit maître Cazaux, j'aimerais vous informer que Blanche Delaspre n'est pas une cliente comme les autres. Elle était une amie de ma sœur aînée, malheureusement décédée. Nous nous sommes côtoyés pendant notre jeunesse, jusqu'au jour de son mariage. Son mari était un homme charmant, mais pas plus. Il avait un sens désastreux des affaires et un instinct quasi infaillible pour prendre de mauvaises décisions. Il a conduit sa famille dans l'impasse. Le couple a eu un unique enfant, Violette. Ils l'adoraient mais elle les a déçus lorsqu'elle a donné naissance à Laure : la petite n'avait pas de père. Et en ce temps-là ça ne se faisait pas trop, dans les familles qui cultivaient des prétentions aristocratiques. Surtout à la campagne où tout se sait et où il était de bon ton de se marier avant d'enfanter. Il n'a été jamais été possible de soutirer le nom du père à Violette. C'était une fêtarde, une hippie, comme on disait à cette époque. Au village, elle avait fini par se forger une mauvaise réputation. Et puis, un beau jour, elle est tombée sur ce militaire de carrière qui a bien voulu l'épouser – il soupira avant de reprendre, sur un ton dramatique – la suite, vous la connaissez : la pauvre Violette est morte peu de temps après.

— Que pouvez-vous nous apprendre sur Philippe Lemaire ?

— Je le connais assez peu, dit-il avant de se lancer dans un réquisitoire à l'encontre du militaire : C'est comme si les femmes Delaspre faisaient l'objet d'une malédiction. Lemaire se passionne pour la finance, mais il n'a aucun talent et ses frasques ont coûté cher à la famille. Je suis bien placé pour le savoir. Il a quitté l'armée juste après son mariage et il s'est installé à Cagnotte avec sa femme et ses beaux-parents. Ensuite, le père de Violette est mort et Philippe Lemaire a pris sa place à la tête de l'exploitation. Un homme de progrès, c'est comme ça qu'elles en parlaient jusqu'à ce qu'elles réalisent qu'il les menait à la ruine, lui aussi.

— Vous avez dit que vous le connaissiez peu, le piqua Lambert.

— Pas personnellement, en effet. Mais je suis au fait de sa façon de gérer le domaine. Ça suffit pour me faire une certaine idée de sa personne.

— Ce que vous nous dites contraste pourtant avec les trois derniers bilans de l'exploitation que nous avons réussi à nous procurer. À en croire les chiffres, l'exploitation se porterait plutôt bien.

— Euh, vous savez, les chiffres, les bilans, tout ça, quand on s'y connaît, on leur fait dire un peu ce qu'on veut, balbutia le notaire, surpris par la sagacité des enquêteurs, avant de reprendre son réquisitoire en essayant d'adoucir son propos :

— Monsieur Lemaire est tout de même suffisamment intelligent pour savoir où réside son intérêt. Et face au désastre qui s'annonçait il y a quelques années, il s'est donné les moyens de redresser la barre grâce à des stages de comptabilité et en prenant des cours de viticulture. Mais avant sa subite prise de conscience, croyez-moi, il procrastinait. Il arpentait la campagne des heures durant, les mains dans les poches, à écouter le chant des oiseaux…

Une horloge sonna midi dans les profondeurs de la bâtisse, rappelant à l'ordre le notaire dont l'étude fermait à midi trente.

Comprenant que leur temps était compté, les deux policiers décidèrent de remettre le bonhomme sur les rails. Nicolas intervint :

— Et si nous revenions à l'objet de notre visite ?

— Oui, le prospectus. Blanche Delaspre est venue me consulter il y a quelques semaines pour ce projet de vente – il jeta un coup d'œil sur les mains de Jean Matthieu – je vois que vous en possédez un exemplaire.

— Poursuivez, coupa Lambert qui sentait poindre le moment le plus intéressant de l'enquête.

— Je n'ai pas été étonné par sa volonté de vendre, déclara-t-il. Madame Delaspre est âgée. Elle souhaite se libérer de ses responsabilités. Elle a eu une idée assez ingénieuse : elle est entrée en contact avec un fonds de pension américain spécialisé dans les établissements de luxe. Ils étaient d'accord pour se porter acquéreurs de la maison afin de la transformer en résidence haut de gamme pour seniors. Toutefois, ils ont émis une condition non négociable à la signature du contrat : Blanche devait fournir la preuve que la maison Delaspre était rattachée au passé prestigieux des Seigneurs d'Orthe. Un argument de standing pour des clients fortunés qui tiennent à jouer les châtelains. Ils aiment se faire croire qu'ils entrent dans l'histoire... Et peu leur importe que ce soit par une porte d'hospice.

Les regards des deux policiers se croisèrent et Nicolas crut apercevoir un air de contentement sur le visage de son chef à l'évocation de cette clause suspensive. Le notaire conclut :

— C'est la condition *sine qua non* pour finaliser la transaction et réserver à Blanche et son amie Madeleine Lafaille une place à vie et gratuite dans l'établissement. Le conseil d'administration du fonds de pension attend que Blanche fournisse une preuve de la noblesse des lieux pour finaliser la vente.

Jean Matthieu réfléchissait à toute vitesse, les yeux dans le vague. Devant son silence qui se prolongeait, Nicolas se lança, envoyant la hiérarchie au diable :

— Madame Delaspre vous a-t-elle parlé des moyens qu'elle comptait employer pour parvenir à ses fins ?

— Vous imaginez certainement qu'il y a un

rapport entre la mort de cet universitaire et la nécessité pour Blanche d'obtenir un gage de sa haute lignée. Elle a connu Delagrange à l'occasion de ses fouilles sur le pourrissoir de Cagnotte dans les années soixante-dix. Depuis cette première rencontre, il revenait de temps en temps chez elle. Delagrange était passionné par l'histoire des comtes du Béarn et Blanche m'a affirmé qu'il était sur le point de trouver le chaînon manquant, si je puis m'exprimer ainsi.

Interpellé par le terme, Jean Matthieu le reprit au bond :

— Le chaînon manquant ? Vous pouvez préciser ?

— Non.

— Peu importe, nous allons creuser cette piste. Merci pour votre aide, maître.

Lambert se leva, imité par Nicolas, et ajouta :

— Je crois que Blanche Delaspre va avoir besoin de vous dans peu de temps.

— Je serai là. En attendant, il est l'heure de déjeuner. Je vous invite à profiter avec moi de ce dernier jour d'ouverture des restaurants avant le confinement, et comme ça risque de durer longtemps, nous commanderons deux desserts chacun !

2

À l'intérieur du local prêté par la mairie, l'informaticien de la faculté d'Histoire s'activait à démonter les installations commandées par Delagrange. Il était arrivé de Talence tôt dans la matinée et avait commencé par débarrasser les ordinateurs neufs encore emballés. Les policiers de la scientifique l'avaient autorisé à emporter tout ce qui ne présentait pas d'intérêt pour l'enquête. Le doyen allait pouvoir renouveler les équipements de son département à moindres frais. Le type courba sa haute carcasse pour vérifier un emballage, balayant du revers de la main sa queue de cheval venue cacher l'étiquette. « Du matériel haut de gamme », constata-t-il dans un sifflement d'admiration. Ses collègues allaient faire la fête quand ils verraient ce qu'il leur rapportait, eux qui se plaignaient toujours de l'avarice du ministère.

Il s'arrêta un instant pour observer les hommes

en uniforme, légèrement agacé par leur façon d'envahir son espace. Et puis, surtout, les policiers étaient en permanence derrière lui. Impossible de se la couler douce, d'éviter de se faire de la bile, comme il en avait l'habitude. « Vous pouvez m'enlever ces câbles ? Je n'ai pas toute la journée moi, allez, allez ! » Le policier qui venait de l'interpeller le regarda fixement afin de s'assurer que son ordre avait bien été compris. L'informaticien poursuivit son travail, un peu plus rapidement certes, mais sans se bousculer. Après tout, il n'y avait aucun lien de subordination entre eux, alors pourquoi devrait-il obéir ?

De l'autre côté du cordon matérialisant le lieu où travaillait la police scientifique, des équipes de deux fonctionnaires se relayaient toutes les huit heures pour étudier le contenu des disques durs présents sur les ordinateurs utilisés par l'historien. Suite logique de l'enquête : le lieutenant Lambert avait convoqué Laure Delaspre, Philippe Lemaire et le curé du village afin qu'ils se prêtent à un petit exercice. Lambert installa la jeune fille face à l'un des écrans, entre deux techniciens. Après avoir écouté les consignes, elle garda le silence, un peu intimidée. Elle portait une robe en laine noire qui la faisait paraître encore plus mince qu'elle n'était et qui soulignait sa fragilité. Elle avait eu beau expliquer à Nicolas qu'elle avait eu peu de contacts avec Delagrange, il n'attendait pas moins d'elle qu'elle leur signale quelque chose d'inhabituel ou d'insolite parmi les documents déjà triés.

La scientifique avait installé son beau-père non loin d'elle, devant un autre écran. Nicolas demeurait en retrait, au fond de la pièce. Comme au spectacle. Laure vit Philippe se redresser sur son fauteuil pour répondre à une question du technicien. Elle se demanda un bref instant si ce dernier était au courant des projets de Blanche concernant la vente du domaine. Si oui, pourquoi ne lui en avait-il pas parlé ?…

Quelques instants plus tard, ce fut au tour du curé de la paroisse d'être conduit devant un poste informatique. Sous des cheveux encore épais pour son âge, son visage rond ne reflétait plus sa bonhomie habituelle. Sa main tripotait nerveusement la croix accrochée à son cou pendant que les assistants lui expliquaient la procédure à suivre. Le curé avait les yeux cernés et il n'était pas rasé. On voyait qu'il avait essayé de mettre de l'ordre dans sa toilette, ses cheveux mouillés portaient encore la trace du peigne. Mais cet effort pour paraître convenable était contrarié par une forte odeur de sueur mêlée à celle de l'encens. Son aspect misérable émut le lieutenant qui lui offrit un café et lui proposa des croissants.

— Vous n'en aurez pas pour longtemps, je vais vous libérer le plus rapidement possible afin que vous puissiez préparer comme il se doit l'enterrement de cet après-midi.

L'abbé regardait ses chaussures en faisant la moue.

— J'aurais dû entrer dans l'église, ce soir-là. Delagrange serait peut-être encore en vie. Qui sait, j'aurais pu mettre son agresseur en fuite…

Sa voix s'était raffermie et il regardait le policier dans les yeux. Celui-ci fut frappé par la force de caractère qu'il devinait dans le regard du prêtre.

— Personne ne pense que vous êtes responsable.

Ils se rapprochèrent de l'écran où l'enquêteur lui expliqua que l'analyse par des personnes proches des documents de la victime pourrait mettre au jour des indices essentiels.

— Je veux que vous compreniez que vous pouvez nous faire gagner beaucoup de temps, comme monsieur Lemaire et mademoiselle Delaspre, poursuivit-il en les désignant de la main. Je vais vous demander de nous aider à trier parmi les mails reçus par la victime, ceux qui, d'après vous, pourraient avoir un rapport avec les raisons de sa présence sur les lieux.

Dehors, le fourgon de l'université avait fini par s'en aller, chargé de tout le matériel inutile à l'enquête. Une fois les trois postes mis en route, Laure, Philippe et le prêtre s'attelèrent à la tâche fastidieuse pour laquelle ils avaient été convoqués.

Les minutes passèrent, longues et stériles, dans un silence religieux… et soudain l'abbé mit le doigt sur un message arrivé la veille du meurtre, envoyé par Anne Baillanx, l'assistante que le professeur Delagrange avait chargée d'étudier certains documents d'archives à l'abbaye de Fontevraud.

— Je sais qu'il lui avait confié une recherche à faire sur l'abbaye cistercienne de Cagnotte. Il pensait qu'elle trouverait à Fontevraud certaines réponses à ses questions, c'est ce qu'il m'avait dit, sans plus d'explications. Nous n'avons pas parlé tant que ça.

Le mail qu'il avait sélectionné était bref :

Il semble que vous ayez vu juste : la réponse se trouvait ici, dans de vieilles archives. L'étude des liens entre l'abbaye de Fontevraud et la maison d'Aquitaine m'a permis de dénicher notre Graal. Vous pouvez abandonner la recherche ADN, elle ne nous servirait plus à rien, nous n'avons pas besoin de preuve supplémentaire.

Ma mission ici est terminée, je compte revenir dès que possible avec les copies de l'acte. Je vous communiquerai la date de mon retour dès que j'aurai pris mon billet. Il semble que les trains soient pris d'assaut par tous ceux qui veulent fuir la ville pour se confiner dans leur résidence secondaire ou leur famille. Je les comprends. En attendant mon retour, ne buvez pas le champagne, attendez-moi plutôt, nous fêterons la nouvelle ensemble.

Amitiés, Anne.

L'atmosphère était devenue tout à coup électrique et, tandis que les policiers se pressaient autour de l'écran pour lire le mail, le vieux prêtre leur confia :

— Anne est une jeune femme brillante, elle était très attachée à son professeur. Elle semblait peinée par sa mort quand je l'ai eue au téléphone ce matin. Elle m'a dit qu'elle arrivait à Dax par le train de treize heures pour assister aux obsèques.

— Il nous faut l'interroger dès son arrivée, annonça Lambert en aparté à son collègue Nicolas.

Laure s'avança pour prendre la parole :

— Anne Baillanx… Elle a appelé ce matin sur le portable de ma grand-mère pour annoncer sa venue et demander à ce qu'on lui prépare une chambre à la maison, c'est moi qui ai pris la communication.

— Nous allons envoyer une voiture la chercher à la gare de Dax, la rassura Nicolas avant de demander :

— Que savez-vous de ses travaux ?

— Pas grand-chose. Monsieur Delagrange s'intéressait à notre famille et à l'aristocratie béarnaise. Je n'ai jamais rencontré Anne Baillanx. Vous savez, je ne suis pas souvent à Cagnotte. Jusqu'à il y a peu, je vivais à Mont-de-Marsan.

Il sembla aux enquêteurs que ce qu'ils attendaient comme une aide providentielle se manifesterait enfin avec la venue de cette collègue universitaire. Lambert félicita ses troupes et ordonna à ses équipes de tout rapatrier sur Bordeaux au siège de la PJ.

Avec le confinement, le mieux était de renvoyer tout le monde chez soi le plus vite possible.

3

Le train entra en gare. Anne Baillanx s'était rapidement décrite au téléphone, les policiers n'eurent aucune difficulté à la reconnaître à sa descente du train : imperméable beige et bagage rouge vif. Elle s'avança vers eux, le visage crispé. L'œil exercé de Nicolas reconnut dans son tailleur pantalon et son chemisier en soie beige l'élégance volontairement masculine des jeunes femmes trentenaires en pleine ascension professionnelle. Le jeune policier remarqua également que la couleur sombre de ses yeux s'accordait parfaitement avec ses cheveux bruns et son teint mat. Malgré la fatigue qui creusait des cernes dans son visage d'ange, l'universitaire irradiait le quai de fraîcheur et d'énergie.

Les deux hommes la saluèrent puis, s'emparant de la valise et du sac de voyage qu'elle tenait à l'épaule, ils se mirent à remonter le quai en direction de la sortie.

Devant l'air exténué de la jeune femme, Nicolas proposa de se détendre quelque part autour d'un verre, une idée qu'Anne Baillanx accueillit avec bonheur. Il restait encore du temps avant la cérémonie.

À la sortie de la gare, ils montèrent dans le véhicule banalisé de la police qui fila droit en direction du Grand Mail, à Saint-Paul-lès-Dax. Arrivés sur place, ils s'engouffrèrent dans les allées du centre commercial où ils trouvèrent une petite échoppe qui proposait des thés bio et du café de bonne qualité. Une alternative bienvenue au jus de chaussette qu'ils avaient coutume d'avaler à la PJ de Bordeaux. Une fois la jeune femme détendue, la conversation s'engagea.

— Pouvez-vous nous parler de votre professeur ? amorça le lieutenant Lambert.

— Il était particulièrement excité à l'idée de revenir travailler à Cagnotte. Il recommençait à s'intéresser à son travail depuis qu'il avait accepté l'échec de sa relation avec sa dernière compagne.

— Vous êtes la première à nous parler de sa vie privée…

— Oh ! il n'y a pas grand-chose à en dire. Leur histoire n'a pas duré longtemps. Richard n'était pas particulièrement attirant… Mais il était un incroyable confident et un ami délicat.

Un silence s'installa, flottant dans l'air comme un espace propice à la réflexion.

— Cette relation pourrait-elle avoir quelque chose à voir avec sa mort ?

La jeune femme sourit.

— Non. Sa femme était beaucoup trop jeune. Ils se sont quittés plutôt soulagés, l'un comme l'autre. Ils s'étaient trompés, voilà tout. Richard a admis qu'il avait été flatté de l'intérêt qu'elle lui portait avant de s'apercevoir qu'ils n'avaient pas grand-chose en commun. À mon sens, cette dame a vu en lui la sécurité, pas plus. Pardonnez-moi ce jugement peu charitable, mais ce genre de femmes nuit beaucoup à la cause féministe que je défends.

Nicolas jeta un œil interrogateur vers Lambert, mais ce dernier fit signe à Anne Baillanx de poursuivre :

— Après cet épisode malheureux, Richard s'est tourné vers la religion. Il disait que depuis qu'il avait rencontré Dieu, ou qui que ce soit d'autre, au fond du puits, il avait découvert d'autres plaisirs, des joies plus spirituelles.

Soucieux de ne pas perdre de temps en digressions, Lambert ramena la conversation sur le sujet.

— Quelle est la mission qu'il vous avait confiée à l'abbaye de Fontevraud ?

— C'est un peu compliqué à expliquer parce que Richard avait mélangé son travail d'historien avec la promesse qu'il avait faite à Blanche Delaspre de lui rendre un service important. Je m'y perdais un peu moi-même.

— Une promesse au sujet de son ascendance ? l'encouragea Jean Matthieu qui commençait à voir une direction se dessiner.

— C'est ça. Il ne m'avait pas expliqué ses raisons, mais elles devaient être sérieuses si j'en crois l'importance des préparatifs mis en œuvre pour sa nouvelle étude du pourrissoir. Il avait obtenu le financement d'analyses ADN. Selon lui, elles prouveraient l'existence d'un lien de sang entre la lignée des vicomtes d'Orthe et la famille Delaspre.

— Qu'est-ce que vous cherchiez, précisément ?

— Il m'avait demandé de me pencher sur les liens entre l'abbaye de Fontevraud et la maison d'Aquitaine. Raymond VII, comte de Toulouse, y a été enterré en 1250 auprès de sa mère, Jeanne d'Angleterre, elle-même fille de Henri II et d'Aliénor d'Aquitaine. Beaucoup de documents sont restés dans l'abbaye, car elle n'a pas été pillée pendant la guerre de Cent Ans et sa bibliothèque a pu recueillir dès sa création en 1632 nombre de chartes et manuscrits qui y sont conservés depuis.

— Nous voilà revenus à cette histoire de charte, souligna Jean Matthieu, captivé par le récit de la jeune femme.

— La révolution de 1789 a provoqué d'irrémédiables pertes dans l'abbaye de Fontevraud. Les révolutionnaires ont pillé les sarcophages et détruit les cercueils du caveau des abbesses, mais le gardien avait caché un grand nombre d'archives qui ont été retrouvées dans les années 1810 lors des travaux d'aménagement des lieux en maison de correction. C'est de cette façon qu'est réapparue la charte originale établie par les moines de Cagnotte en l'an 989, et qui mentionne les quinze familles nobles de caviers établies au confluent de l'Adour et des Gaves.

— Le directeur des archives de Mont-de-Marsan nous a parlé de *quatorze* familles…

— C'est ce que l'on croyait jusqu'alors, mais c'est faux. Il existait quinze caveries et non quatorze, comme le mentionne la charte du XIIIe siècle qui fait référence, et dont nous savons aujourd'hui qu'elle a été falsifiée par les moines de l'abbaye, probablement pour se débarrasser d'un seigneur avec lesquels ils étaient en conflit… J'ai vite deviné la raison pour laquelle Richard m'avait envoyée à Fontevraud : ses propres recherches l'avaient depuis longtemps convaincu que c'est la maison Delaspre qui avait disparu de la liste, ce qui explique qu'elle n'ait pas été retenue pour figurer au registre de la noblesse établi à la Révolution. Lorsque Blanche lui a demandé son aide, il était pratiquement certain de savoir où trouver la réponse. Et il avait raison, ajouta-t-elle, le visage éclairé par un sentiment de fierté.

— Je ne vois pas comment les Delaspre auraient pu perdre leur titre de noblesse puisque, comme on nous l'a expliqué aux archives départementales, c'est la terre qui confère la noblesse en pays d'Orthe. Or, la famille Delaspre n'a jamais perdu la sienne.

— Ce n'est qu'en se replongeant dans les usages de l'époque que l'on peut comprendre pourquoi le vicomte a dû accepter de se laisser dépouiller de son privilège de fondateur de l'abbaye construite sur ses terres. Les moines ne reconnaissaient que leur saint, comme fondateur de l'abbaye. Le seigneur qui possédait la terre n'était à leurs yeux que le restaurateur des bâtiments, un simple bienfaiteur. Le vicomte n'avait donc rien à réclamer aux yeux des moines, c'est pourquoi ils ont effacé son nom de la charte, le privant du même coup de son titre de noblesse. En conséquence, vivant sur une terre qui n'était plus noble, les ancêtres de Blanche Delaspre ont perdu leur titre.

— Et vous avez adressé un mail à Richard Delagrange pour lui communiquer le résultat de vos recherches, lança le jeune policier.

— Oui, je lui ai annoncé que j'avais trouvé la preuve qu'il cherchait, sans plus de détails. J'étais tellement heureuse d'être la messagère du rétablissement de droits si anciens, que je me suis réservé le plaisir de lui faire le compte-rendu de mes conclusions de vive voix. Il n'était pas question de me priver du plaisir de lui remettre la copie de la charte que j'amenais dans mes bagages, et qui permet de rétablir le caractère noble du château de l'argile.

— Le château de l'argile ?

— Oui, c'est le nom du domaine tel qu'il figure sur le document.

Les deux enquêteurs n'eurent pas besoin de se consulter pour comprendre que l'assistante venait de leur ouvrir une nouvelle piste. Une voie royale même, vers l'auteur de cet assassinat.

— Est-ce que quelqu'un d'autre était au courant ?

— Pas que je sache, bredouilla-t-elle, gênée.

— Nous allons vous accompagner à Cagnotte pour vous permettre d'arriver à l'heure aux obsèques, conclut Jean Matthieu en vérifiant l'heure à sa montre. Il faut nous promettre le silence le plus absolu sur ce que vous venez de nous exposer. Vous allez également devoir nous confier ces documents, dit-il en les montrant du doigt. Nous les garderons jusqu'à ce que toute la lumière soit faite sur ce meurtre.

— Il en va de votre sécurité, ajouta Nicolas d'un ton grave destiné à souligner l'importance du message.

Oui, je sais, se dit Anne intérieurement. *Madeleine Lafaille me l'a déjà dit. J'aurais préféré qu'elle m'explique au téléphone de quoi il retournait exactement et de quelle façon tout cela la concerne au lieu de me demander d'attendre de la rencontrer à Cagnotte.*

C'est dans le silence qu'ils firent ensuite la route jusqu'à la maison de Blanche Delaspre où elle avait l'intention de s'installer pour quelques nuits. La durée de son séjour dépendrait du temps qu'il lui faudrait pour s'occuper des affaires de son professeur à Cagnotte et à Bordeaux, puisque ce dernier n'avait pas de famille pour s'en occuper. Une fois arrivés à destination, galant homme, Nicolas l'aida à monter ses bagages à l'étage. Puis, après un demi-tour rapide sur l'allée gravillonnée, les deux policiers se dirigèrent vers Pouillon où se situaient les locaux de la gendarmerie la plus proche. Il ne pouvait pas rentrer sur Bordeaux maintenant, mais il fallait un lieu pour faire le point sur les nouveaux éléments de l'enquête et travailler en toute sérénité. Les relations entre gendarmerie et police n'étaient pas au beau fixe, mais dans les campagnes, sur les terres de la gendarmerie, la concorde existait bel et bien entre les deux corps de maintien de l'ordre.

4

Des averses subites entrecoupées de rares moments de soleil, et un vent vif qui s'engouffrait partout. Une grisaille triste qui semblait coller aux toitures du village, raccord avec la cérémonie. Le moment de panique passé, Philippe se demandait encore comment il était parvenu à s'afficher de cette manière si détachée à l'égard des évènements dramatiques qui avaient endeuillé la vie du village ces derniers jours. Sa solitude l'envahit d'une faiblesse nouvelle. Il resta un moment assis à l'abri d'un noisetier, immobile et invisible, avant de reprendre sa marche vers la maison en empruntant le raccourci qui traversait le petit bois de chênes. Il savait que les obsèques seraient un moment difficile à gérer et il ne tenait pas à se faire remarquer en n'y assistant pas. Le raclement de la porte d'entrée sur les dalles le sortit de sa méditation lorsqu'il pénétra dans la demeure. Il remarqua d'abord le chien, le grand Rick qui avançait en louvoyant dans le vestibule, le regard baissé, excité par une expérience nouvelle. L'animal savait pertinemment qu'il n'avait rien à faire ici et il s'attendait à des remontrances. Il remua la queue lorsque Philippe le contourna pour rejoindre l'escalier et le suivit des yeux jusqu'à ce que, résigné à n'obtenir ni caresse ni gourmandise, il s'allonge sur le seuil de la cuisine.

Une rage froide avait remplacé la peur qui l'avait envahi à la lecture du mail qu'Anne Baillanx avait adressé à son professeur. Personne ne se rendait compte de ses difficultés, pourtant il avait fait de son mieux et, si Richard Delagrange ne s'était pas érigé en défenseur des lignages autochtones, rien de tout cela ne serait arrivé. Il passa dans la salle de bains où, atterré par l'image que lui renvoyait la glace, il se rasa avec soin, baigna ses yeux d'une eau de bleuet qu'il trouva sur l'étagère. Puis il enfila un pantalon de toile beige et une chemise en lin dont la teinte pastel collait à son teint. Une veste noire suffirait à donner le ton solennel qui convenait à la cérémonie. À la fin de ces préparatifs, il avait à peu près récupéré ses moyens et recouvré assez de forces pour échafauder un nouveau plan, une première pour lui après toutes ces années passées à peaufiner le seul projet qui l'ait jamais intéressé : préserver l'immobilisme parfait de son existence.

5

Dans la maison Delaspres, c'était un peu le calme avant la tempête depuis le départ de l'aide à domicile responsable de la rééducation de Blanche. Laure était venue vérifier qu'elle était confortablement installée et qu'elle ne manquait de rien. Hélas, sa grand-mère n'était toujours pas en état de lui parler. Elle s'était assoupie dès qu'elle avait retrouvé la douce sécurité de sa chambre. Elle serait bien sûr absente aux obsèques, mais sa petite fille avait organisé un buffet dans la demeure pour accueillir les personnes venues saluer le regretté Delagrange. Elle savait que cette initiative ferait plaisir à sa grand-mère et que, si elle avait été en état, elle s'en serait elle-même occupée.

Laure avait également pris en main l'installation d'Anne Baillanx qui venait de récupérer la clé de sa chambre. Pendant que l'assistante de Delagrange défaisait ses bagages étalés sur le lit, les deux femmes évoquèrent les conditions de la découverte du corps dans l'église. Laure lui expliqua la nausée qui l'avait saisi et sa course éperdue à travers le village pour trouver les secours. Bien évidemment, au cours de la conversation, Anne garda pour elle le résultat de ses recherches, comme les deux policiers le lui avaient recommandé. Puis Laure fut appelée au rez-de-chaussée par le traiteur pour superviser les préparatifs de la collation. Anne acheva de ranger ses affaires. Elle quitta la maison ensuite et emprunta la route qui menait au village. Elle espérait rencontrer le prêtre avant le début de la cérémonie pour s'entretenir avec lui des dernières volontés de Richard.

Elle dépassa un petit lotissement de maisons toutes semblables avec leurs jardins encombrés de toboggans en plastique aux couleurs vives et de piscines gonflables encore vides en cette saison. Autant elle se sentait à l'aise dans la belle demeure des Delaspre, autant ce genre de quartier la déprimait. Ses souvenirs remontaient au fur et à mesure de sa progression le long du trottoir. Elle avait grandi en HLM. Malgré les efforts fournis pour accéder à une maison individuelle, ses parents n'avaient jamais pu s'extraire de leur logement… voire de leur condition. Ce qui avait décuplé sa volonté de s'en sortir. Elle fut la première à obtenir son bac dans une famille où on quittait l'école à seize ans. Elle se souvenait de la fierté de ses parents, vite remplacée par la gêne : qui allait payer des études supérieures ? Pas eux, ils n'en avaient pas les moyens. Sa détermination, parfois glaciale, avait fini par heurter la sensibilité de son entourage. Son désir d'obtenir ce que ses parents n'avaient jamais eu apparaissait parfois comme un mépris… De fil en aiguille, elle s'était trouvée incomprise, isolée. Et avait dû se débrouiller seule… Seule pour obtenir une bourse. Seule pour trouver une chambre universitaire à Talence. Seule pour trouver un job au McDo… Seule pour construire son avenir en franchissant une à une les étapes qui l'avaient conduite au poste d'assistante du professeur Delagrange.

Durant plusieurs années, Richard la forma à la rigueur scientifique qui manquait à ce qu'il appelait sa *nature féminine*, cause d'après lui du caractère insuffisamment précis de ses travaux. À force de querelles sur le sujet, elle s'était mise à lire des ouvrages féministes et ses arguments pour le contrer donnaient lieu à des joutes oratoires dont elle sortait souvent victorieuse. Restait néanmoins entre eux une amicale complicité.

En approchant de l'église, elle n'arrivait toujours pas à accepter l'idée que son mentor avait définitivement quitté cette vie. Parvenue devant l'entrée de service, elle actionna avec vigueur la poignée métallique de la porte, qui refusa de s'ouvrir. Probablement le curé ne souhaitait-il pas être dérangé pendant la préparation des obsèques. Deux couronnes de fleurs appuyées contre le mur attendaient d'être disposées sur le cercueil à l'arrivée du corbillard. Anne se pencha pour lire les noms sur les cartes. Elle avait contacté le fleuriste du coin et avait commandé la livraison d'une magnifique gerbe pour son regretté professeur. Anne souhaitait avant tout avoir une discussion avec le prêtre au sujet de ses derniers échanges avec le professeur, notamment au sujet de sa foi. Le prêtre saurait sûrement trouver les mots et lui donner la force de résister à l'épreuve de l'enterrement. Elle frappa à la porte du presbytère. En se retournant en attendant que le curé ouvre, elle balaya la petite place du regard. Elle reconnut parmi les passants qui la regardaient certains collègues. Elle leur rendit leur salut dans un sourire triste et contrôlé. Au-dessus de sa tête, la brume s'était levée, remplacée par de gros nuages noirs qui commençaient à s'amonceler.

6

Il l'avait suivie en voiture sans vraiment réfléchir à ce qu'il allait faire. Il devait improviser. Il se gara près de l'église où il savait que sa présence ne surprendrait aucun des badauds plantés à attendre le début de la cérémonie. Il était connu pour sa générosité quand il s'agissait d'organiser les fêtes paroissiales. *C'est le trait de caractère que mes concitoyens apprécient le plus chez moi. Ces rats ne respectent que l'argent*, pensa-t-il rageusement en approchant de l'église. *Les deux officiers de la PJ venus de Bordeaux ne m'arrivent pas à la cheville. Ils ont fait chou-blanc sur toute la ligne. Et ils vont continuer.*

Il arrivait à la hauteur de l'assistante du professeur lorsqu'un rideau de pluie s'abattit, emplissant aussitôt les caniveaux. Elle glissa quasi instantanément. Il sourit en la rattrapant, galvanisé par sa chance, habité par son invincibilité. Même la météo était de son côté

— L'église reste fermée jusqu'à l'heure de l'enterrement, vous ne pourrez voir personne avant. Vous devriez vous installer dans ma voiture, si vous ne voulez pas attraper une pneumonie.

Complètement trempée, Anne, qui avait reconnu le régisseur du domaine Delaspre, se laissa convaincre et monta dans le véhicule pour échapper au déluge. Elle attacha sa ceinture, il démarra.

— Si c'est le curé que vous voulez voir, il faudra attendre qu'il ait terminé son extrême-onction – il indiqua la maison où le prêtre était en train d'officier.

— Nous serons arrivés dans une minute, vous aurez largement le temps de vous changer avant la cérémonie.

Anne apprécia qu'il prît la peine de lui éviter le retour sous la pluie. Elle le remercia.

— Garde tes remerciements, répondit-il avant de bifurquer sur une route secondaire.

La jeune femme pensa d'abord qu'elle avait mal entendu, puis elle comprit que quelque chose clochait. L'itinéraire qu'il empruntait les éloignait de la maison des Delaspre. Elle percuta et une angoisse subite la submergea.

— Qu'est-ce que vous attendez de moi ? Si vous avez l'intention de me violer, sachez que je suis en capacité de me défendre.

— Pas de danger, vous n'êtes pas mon genre !

— Alors qu'est-ce que vous me voulez ?

Le régisseur stoppa le moteur. Ils étaient complètement seuls, entourés de champs déserts à cette heure de la journée. Et la pluie continuait à tomber dru. Pas un chat à l'horizon.

— Quand votre foutu professeur est revenu à Cagnotte pour une énième fouille, j'ai pensé qu'il se payait des vacances sur le dos des contribuables. Tout cet argent mobilisé pour des fouilles dont il n'était même pas certain qu'elles aboutissent à quoi que ce soit… C'est un peu le lot de l'archéologie, me direz-vous, mais quand vous mettez ceci en perspective avec les soucis qui sont les nôtres dans le domaine agricole, gaspiller autant de ressources pour du vent, alors que nous devons travailler comme des chiens pour nous sortir un salaire de misère… Je hais les fonctionnaires et assimilés ! À eux seuls, ils dépensent des budgets dix fois supérieurs à ce que génère ma propriété. N'est-ce pas affligeant ?

Anne le fixait d'un regard dénué d'expression, attentive à la suite :

— Mais cette fois-ci c'était différent : j'ai compris qu'il cherchait quelque chose de précis. Le truc, c'est que j'ignorais qu'il avait fait appel à quelqu'un d'autre, à vous ! Tant qu'il cherchait de l'ADN, je ne m'inquiétais pas trop, tellement ses chances d'en trouver étaient minces. Mais il a fallu qu'il vous envoie à Fontevraud pour chercher ce fameux *Graal*. C'est quoi, ce *Graal* que tu mentionnes dans le mail que tu as envoyé à Delagrange ?

La jeune universitaire le regarda, tétanisée. Philippe était pour quelque chose dans le meurtre de Richard. Elle réfléchit à la façon de reprendre le contrôle de la situation. Elle prit une profonde inspiration pour tenter de se calmer et se prépara à ouvrir la portière. Peine perdue : Philippe la saisit par la nuque et enfonça sa tête entre ses genoux. Le souffle coupé, elle parvient néanmoins à dire :

— Vous ne comprendriez rien à mes recherches. Je ne vois pas ce qui pourrait vous intéresser dans cette affaire, il s'agit de l'Histoire de Cagnotte.

— Détrompe-toi, des recherches, j'en ai fait aussi. Mais je n'ai rien trouvé aux archives de Mont-de-Marsan, à part des reproductions de la carte de Cassini. Elles ne m'ont servi à rien, j'avais déjà celle de Delagrange avec les emplacements des caveries.

L'étreinte se desserra, elle se redressa et le coup l'atteignit en pleine mâchoire, faisant jaillir des larmes qu'elle essuya d'une main tremblante.

Incapable d'évaluer ses chances, elle adopta un ton conciliant dans l'espoir de gagner du temps.

— Ce n'est pas la peine de me frapper. Expliquez-moi ce que vous attendez de moi. Discutons calmement et si nous arrivons à nous entendre, je vous promets que je ne parlerai à personne de ce que vous venez de me faire.

— On n'a plus le temps pour ça, alors tu vas me parler de ce *Graal* que tu aurais soi-disant trouvé dans les archives de Fontevraud, et en vitesse !

— J'ai trouvé la charte originale de l'abbaye de Cagnotte. Rien de plus.

— Ne me prends pas pour un idiot, il y avait quoi dans cette charte de si important pour que tu l'appelles ton *Graal* ? s'emporta-t-il en approchant son visage tout près du sien.

— Elle contenait une preuve de la noblesse de la famille Delaspre.

Il relâcha brusquement son étreinte, laissant l'air pénétrer à nouveau dans ses poumons comprimés. Elle respira bruyamment avant de poursuivre :

— Je ne sais pas quel usage devait être fait de cette information, je sais juste que c'était important pour Richard que Blanche Delaspre et sa petite fille aient le droit d'être inscrites au registre de la noblesse.

Au moment où elle livrait ses dernières informations, la certitude qu'elle venait de signer son arrêt de mort la saisit avec une telle clarté qu'elle tenta le tout pour le tout. Elle lui planta d'abord ses doigts dans ses deux yeux, puis elle porta quelques coups du tranchant de la main à la base de son cou. Le militaire, les yeux ravagés par le coup sournois, pila pour éviter l'accident et ne put rien faire lorsqu'elle déverrouilla sa ceinture avant de jaillir hors de la voiture. Elle se mit à courir à travers champs, vers les silhouettes des maisons du village qui apparaissaient au loin sous les nuages.

Malgré le bon rythme de sa course, elle entendit Philippe gagner du terrain derrière elle. Un gros caillou émergeait de la terre. Les larmes brouillaient sa vue. Elle trébucha et s'affala sur le sol humide tandis qu'une ombre maléfique s'étirait au-dessus d'elle.

7

Les deux policiers s'étaient installés dans une pièce mise à leur disposition par la gendarmerie de Pouillon. Absorbé par les révélations d'Anne Baillanx, Nicolas avait terminé de noter ses déductions sur un calepin. Jean Matthieu jeta un coup d'œil rapide sur le graphique qui couvrait la page, tout en poursuivant sa lecture des dépositions récentes.

— C'est avec ce dessin que tu comptes résoudre l'affaire ? l'interrogea-t-il d'un air moqueur.

— Parfaitement. La méthode qui consiste à rapprocher les évènements entre eux par leur chronologie permet de révéler leur effet domino de manière visuelle. Il suffit de relier les causes aux effets, les motivations aux actes, et d'observer les conséquences.

— Tu sais, je suis de la vieille école, alors si tu pouvais être un peu plus clair… répondit Jean Matthieu.

— Ce qui est sûr, c'est que Blanche Delaspre est la clé de voûte de cette affaire. C'est elle qui a demandé au prof de chercher le moyen de prouver la noblesse de sa lignée. J'ai dessiné RD au centre, pour Richard Delagrange, et tous les satellites : Blanche et Laure Delaspre, le curé, Philippe Lemaire, et enfin Madeleine Lafaille. Sur un deuxième cercle, plus éloigné, j'ai noté : château de l'argile – Maître Cazaux – ADN – titre de noblesse.

— Dans un premier temps, Delagrange envisage d'extraire de l'ADN du pourrissoir pour corroborer les affirmations de Blanche : elle est une descendante de la maison d'Aspremont.

— Exact. Nous ne saurons jamais comment Richard Delagrange en est venu à soupçonner la falsification de la charte qui faisait foi jusqu'à aujourd'hui, mais c'est pour en avoir le cœur net qu'il a dépêché son assistante à Fontevraud.

— Et c'est dans les archives de l'abbaye qu'elle a trouvé la preuve que la maison de Blanche Delaspre n'est autre que l'ancien château de l'argile cité dans un conte du Moyen-Âge, et qu'elle est issue en droite ligne des comtes d'Aspremont.

— Mais Richard meurt sans savoir que son intuition était fondée.

— Hypothèse : l'assassin voulait empêcher le

prof de prouver la noblesse de la lignée de Blanche.

Lambert commençait à se prendre au jeu et à penser que Nicolas allait finir par le faire changer d'avis au sujet de ses petits dessins.

L'officier supérieur laissa la conversation retomber pendant que Nicolas entourait en rouge les pavés de son graphique. *Titre de noblesse*, *Château de l'argile*, *ADN*.

— Le notaire, à présent. Il nous a appris la vente du domaine et son projet de le transformer en résidence du troisième âge pour retraités fortunés.

— Quel était l'obstacle à la concrétisation de la transaction ?

— Blanche devait apporter la preuve aux acquéreurs de la noblesse du lieu.

— Et il n'y avait que son ami Richard pour lui rendre ce service.

Au moment où Jean Matthieu prononça ces paroles, il se rendit compte que Nicolas le regardait avec une gravité soudaine.

— Vous pensez la même chose que moi ?

— Je crois, oui. Delagrange avait lancé deux recherches simultanées : celle de l'ADN et celle de la charte. L'assassin a empêché Delagrange de trouver sa preuve par l'ADN, mais il n'a pas pu arrêter Anne Baillanx. Peut-être ignorait-il l'existence de ses travaux, mais dans le cas contraire, la jeune femme court un grave danger.

Jean Matthieu se passa la main sur le visage, accablé par une soudaine fatigue.

Le portable de Lambert indiqua qu'il venait de recevoir un message. Il en prit connaissance pendant que Nicolas poursuivait :

— L'argent est le mobile. Une personne de l'entourage de Blanche Delaspre s'est sentie suffisamment menacée par la vente du domaine pour assassiner celui qui pouvait permettre la réalisation du projet.

— Et apparemment il s'agit d'un homme, ajouta Lambert en montrant fièrement l'écran de son mobile.

— Un sms de mon père m'indiquant que le directeur des Archives de Mont-de-Marsan confirme que c'est bien un homme qui a consulté les documents se rapportant aux caviers, le vendredi juste avant notre venue. Cela réduit considérablement la liste de nos suspects... à un seul individu.

— Philippe Lemaire, coupa Nicolas. Il était un des trois témoins à qui nous avons fait analyser les différents emails reçus par Delagrange. Tout le monde s'est approché de l'écran pour lire celui relevé par le curé. Lemaire sait donc qu'Anne Baillanx a découvert un *Graal*… Il faut la mettre en sécurité, et vite...

— Et prévenir le juge d'instruction pour qu'il rédige les commissions rogatoires et signe la garde à vue de Lemaire.

— Je demande aux gendarmes de se rendre à Cagnotte et de mettre Anne Baillanx en sécurité. J'ignore si elle se trouve déjà à l'église ou si elle est encore chez les Delaspre, dit-il en consultant sa montre.

Les deux policiers se dirigèrent vers le bureau du commandant. Nicolas fit part succinctement au gendarme de leurs dernières conclusions et lui demanda s'il pouvait envoyer une équipe récupérer Anne Baillanx. Juste au cas où… De son côté, Lambert appela le juge :

— …merci de me répondre au pied levé. Je vous contacte au sujet du meurtre de Delagrange, nous avons un suspect. Je vous présente les éléments de l'enquête ?

— Allez-y, Lambert, répondit le juge Boiron.

— Blanche Delaspre a besoin d'établir la preuve de son ascendance noble, parmi les vicomtes d'Orthe. Ce titre lui permettra de vendre son domaine à un fonds de pension américain qui en a fait la condition *sine qua non* de la transaction. Pour obtenir cette preuve, elle a eu recours à Richard Delagrange, historien et ami de longue date. Nous nous sommes penchés sur les bénéficiaires de la vente : D'abord Blanche Delaspre, l'instigatrice du projet. En réussissant à vendre sa maison à un bon prix, elle s'assurait une place à vie dans une maison de retraite prestigieuse, sans quitter sa maison et sans débourser un centime. Nous avons également Laure Delaspre, petite fille de la propriétaire et unique héritière depuis le décès de sa mère, Violette. Une grande partie du montant de la vente lui reviendra. Nous pouvons l'écarter de la liste des suspects. Viennent maintenant les amis de Blanche Delaspre, Madeleine et Émile Lafaille. Elle les fréquente depuis l'enfance. Notre entrevue chez le notaire nous a appris que Madeleine Lafaille faisait partie du *deal*. En effet, elle a obtenu de son amie d'être incluse dans l'accord d'accueil gracieux par le nouvel établissement. Maintenant, reste celui à qui la vente ne profite pas : le gendre de madame Delaspre, Philippe Lemaire. La vente du domaine, sur lequel il n'a aucun droit, lui ferait perdre sa situation, son logement et sa position de notable dans le village. Si nous n'avions pas réussi à comprendre la teneur du travail qui animait l'historien, nous serions passés complètement à côté du mobile.

— Vous avez interrogé le suspect ? répliqua le juge.

— Oui. Il s'agit d'un homme introverti et qui sait se contrôler. Il a passé de nombreuses années dans l'armée avant son mariage. On ne lui connaît pas d'amis…

— Comment pouvait-il savoir ce que tramaient sa victime et sa belle-mère ?

— Tout porte à croire que Blanche ne lui a jamais caché ses projets. Philippe Lemaire était dans la confidence depuis le début des tractations. C'est du moins ce qu'il nous a rapporté lors de nos échanges. Depuis qu'il a appris incidemment, au cours d'une analyse de fichiers, que l'assistante de Delagrange peut attester de la lignée de Blanche Delaspre, nous la pensons en danger.

La réaction du juge fut immédiate.

— Je signe la commission rogatoire. Foncez.

8

Sa cheville blessée lui faisait souffrir le martyre. Elle s'assit sur une pierre au bord du sentier. Philippe hurla :

— Arrête de faire des manières !

— Vous croyez aller jusqu'où, si je n'arrive plus à marcher ? Laissez-moi récupérer un peu !

Il fut obligé de reconnaître qu'elle avait raison : il aurait du mal à la porter sur une longue distance, mais cela n'avait rien d'impossible pour le solide gaillard qu'il était. Il avait encore besoin d'elle, elle pouvait s'avérer utile pour protéger sa fuite. Parce qu'il le savait, il ne lui restait que cette solution. Son impréparation lui coûtait cher.

Il laissa tout de même à Anne quelques minutes de répit qu'il mit à profit pour revoir ses plans. Lorsqu'il remarqua les couleurs réapparues sur ses joues, il la souleva de sa pierre sans ménagement et la porta sur son dos. La route qui menait à l'intersection de la nationale n'était plus très loin. En bordure du fossé, Philippe remarqua des débris de phare briller au soleil. Il reconnut l'endroit où sa belle-mère avait eu son accident et, dans l'état de confusion où il se trouvait, il lut dans ce signe du destin un mauvais présage.

La grange était en vue. Contrairement à sa prisonnière, il portait aux pieds ses meilleures chaussures de marche, si bien qu'il progressait sans trop de difficulté malgré le poids de la jeune femme sur ses épaules.

Alors qu'il était sur le point de rallier son objectif, il entendit nettement des voix qui montaient du petit ruisseau en contrebas. Il fléchit les genoux pour se dissimuler dans l'herbe, posa Anne à ses pieds et patienta jusqu'à ce que le silence revienne, sa grosse main sur la bouche de la jeune femme.

Il lui fallut ensuite seulement quelques minutes pour atteindre la grange rachetée par la municipalité, la fille toujours calée sur ses puissantes épaules. Il crocheta la serrure et ils entrèrent.

— Personne n'aura l'idée de venir ici avant des lustres, dit-il dans la pièce vide.

Anne dissimula sa peur sous un air bravache. La jeune femme massait sa cheville enflée, décidée à le laisser parler.

Philippe Lemaire tournait le dos aux rayons du soleil. Ses pupilles habituellement claires semblaient noires dans le contre-jour.

— Vous tremblez ! s'écria-t-elle en regardant ses mains. Je me trompe ou vous êtes mort de trouille ?

Malgré l'aspect dramatique de la situation, elle éclata d'un rire nerveux qui relégua sa propre angoisse en arrière-plan.

Percé à jour par cette sale gamine qu'il ne parvenait pas à briser, Philippe sortit un grand couteau de sa ceinture dans un geste menaçant.

— C'est mon arme préférée, un *Ardenlames* fabriqué à Mauberfontaines. Il m'arrive de me raser avec, alors prends garde à ne pas te foutre de ma gueule !

Brusquement calmée, Anne évalua la situation. Elle se sentait capable d'affronter le militaire en combat singulier, mais face à une telle lame, impossible de tenter quoi que ce soit. Comme s'il avait lu dans ses pensées, il lui demanda de s'éloigner et de se tenir à carreau.

— Assis-toi ici, contre le mur !

Elle parvint à se contorsionner en se faisant glisser à l'aide de ses bras, sa cheville étant trop douloureuse pour qu'elle songe à se mettre debout.

Quand elle fut installée, elle demanda d'une petite voix frêle :

— Libérez-moi, je vous promets que je ne parlerai à personne de ce coup de folie.

— Pas avant de savoir ce que tu as fait de la preuve que tu as trouvée à Fontevraud.

— C'est la police qui a conservé les documents. Même si je le voulais, je ne pourrais pas vous les montrer, c'est la seule copie que j'ai faite.

Il est à bout, pensa Anne en se redressant contre le mur. La douleur semblait s'atténuer, elle espérait en profiter pour tenter de s'échapper à nouveau. Elle continua à lui parler tout en réfléchissant à la manière dont elle pourrait détourner son attention.

— Dites-moi ce qui est si important pour vous dans ma découverte, je pourrais peut-être vous aider à trouver une solution.

— Une solution ? Tu ne sais pas de quoi tu parles, pauvre idiote !

— C'est vous qui avez tué Richard, n'est-ce pas ?

— Il s'est mêlé de choses qui ne le regardaient pas !

— Je ne sais pas ce qui vous gênait dans ses travaux, mais vous voyez bien que ça ne vous aura servi à rien de le tuer... Vous feriez mieux d'arrêter cette folie et de vous rendre.

Philippe ne l'écoutait plus, le bruit d'un hélicoptère approchait. Les policiers avaient remarqué la disparition de l'assistante et ils étaient à sa recherche. Par une lucarne du hangar, il aperçut l'*alouette* de la gendarmerie tournant au-dessus du village. Il fut pris d'un accès de fureur et sortit pour mieux observer les mouvements de l'appareil. Anne ne le quittait pas des yeux pendant qu'il scrutait le ciel. Le vacarme envahissait les lieux. Sans cesser son observation, Philippe cria à l'intention de sa prisonnière :

— Cet endroit est magnifique, vous ne trouvez pas ? Qui serait assez fou pour vouloir y changer quelque chose ?

— Personne ne veut rien changer…

Il se tourna vers elle.

— Vous êtes encore plus stupide que je ne le pensais. Je vais être plus clair : vous et votre professeur, avez-vous mesuré l'impact de vos recherches sur l'avenir du domaine Delaspre ? Vous auriez pu vous soucier des dégâts collatéraux qu'allaient impliquer vos découvertes. Maintenant que vous avez permis à cette vielle chouette de vendre sa maison comme patrimoine de la noblesse, vous pensez bien que je n'ai plus qu'à déguerpir. Elle n'a jamais pu me supporter. Elle ne me tolérait dans son environnement proche que parce que je gérais convenablement la propriété, mais je ne me fais aucune illusion sur ses intentions à mon égard…

En boitillant, Anne l'avait rejoint dans l'encadrement de la porte. Il ne lui faisait plus aussi peur à présent qu'il semblait reconnaître sa défaite.

C'est le moment qu'elle choisit pour lui bondir dessus. Mais elle avait préjugé de ses forces. Sa cheville se déroba et elle s'écroula lamentablement sur le sol. Des larmes de colère et de frustration se répandirent sur ses joues, elle craquait et finit par l'implorer :

— Laissez-moi partir ! Vous voyez bien que je ne peux que retarder votre fuite. Partez tant qu'il en est encore temps.

— Mes plans ont changé, déclara-t-il avec une lueur d'espoir sur le visage. Nous allons passer en Espagne. Avec vous dans le coffre, ils n'oseront pas m'arrêter. On va aller récupérer ma voiture et on roulera gentiment jusqu'à la frontière !

La mission s'avérait périlleuse. Même si Philippe tenait à assurer ses arrières en prenant Anne comme otage, encore fallait-il parvenir à retourner au véhicule avec la jeune femme sur son dos. Il visa sur l'un des comptoirs, un rouleau de gros scotch, il n'en fallut pas plus pour le décider à valider sa décision. Il déroula le rouleau autour de la tête d'Anne en s'appliquant à lui recouvrir la bouche le plus correctement possible. S'il venait l'idée à la jeune femme de tenter de l'enlever, elle s'arracherait littéralement les cheveux. Malheureusement pour Anne, Philippe connaissait les raccourcis permettant de rejoindre la voiture restée sur le bord de la route. Vingt minutes plus tard, ils retrouvèrent le véhicule. Personne à l'horizon, ni gyrophare ni hélicoptère malgré le bruit du rotor qui résonnait au loin, inspectant une autre zone.

Lorsqu'ils arrivèrent, Philippe sortit son couteau et Anne crut défaillir. Mais c'était seulement pour lui ôter la bande de scotch qui entravait son visage.

Pendant plusieurs kilomètres, aucun son ne sortit ni de sa bouche ni de celle de son ravisseur.Mais Anne ne s'avouait pas vaincue. Son idée, c'était de faire mine de l'aider. Le syndrome de Stockholm ou quelque chose dans le genre… Elle finit par proposer :

— Laissez-moi appeler la police. Je vais leur dire que j'étais trop déprimée pour assister à l'enterrement et que je suis repartie à Dax pour consulter un médecin. Il ne chercheront pas plus loin et ça nous laissera le temps de passer tranquillement en Espagne.

— C'est un peu tard, vous n'avez pas vu l'hélicoptère ?

— Laissez-moi au moins tenter, que risque-t-on ? s'obstina-t-elle.

Le voyant hésiter, elle mit à profit cette fraction de seconde pour passer à l'action. Ses doigts tremblants parvenaient à peine à appuyer sur les touches.

La voyant faire, il lui dit simplement :

— OK, mais mettez le haut-parleur. Et pas d'entourloupe.

Il sortit son couteau et le plaça près de son flanc.

Anne composa le numéro que Lambert lui avait donné pour l'appeler en cas d'urgence, s'évanouissant presque à la pensée qu'elle jouait sa vie à cet instant.

— Allo ? Vous m'entendez ? C'est Anne Baillanx à l'appareil.

— Anne, mais où êtes-vous ? Nous vous cherchons depuis une heure.

— Je suis désolé, c'était trop compliqué pour moi, je n'ai pas pu me rendre à la cérémonie… trop d'émotion vous comprenez ?

— Mais où êtes-vous donc ? Nous avons vérifié, vos affaires sont restées chez les Delaspre. Quelque chose ne va pas ?

— Je suis chez un médecin, à Dax, je vais lui demander des anxiolytiques. Bref : j'annule notre rendez-vous de ce soir. Rappelez-moi demain.

Elle raccrocha net. L'exercice paraissait plus simple quand elle l'avait imaginé : faire passer un message en douce. Le policier avait-il compris son histoire bidon de rendez-vous ? Il s'agissait d'un professionnel, donc oui, il avait compris, puisqu'il n'avait jamais été question d'un quelconque rendez-vous entre eux… Par ailleurs : Philippe avait-il pensé que la frontière était déjà fermée en cette veille de confinement ? Et Lambert penserait forcément à trianguler son téléphone portable.

Il leur restait un peu plus d'une heure de route pour gagner la frontière. Un temps suffisant pour renverser la situation ?

— Quand nous aurons passé la frontière, où comptez-vous aller ? dit la jeune femme pour rompre le silence pesant.

— Pour quelle raison veux-tu que je te le dise ?… Au Brésil, finit-il par lâcher.

La jeune femme ne savait pas si c'était du lard

ou du cochon. À vrai dire, elle s'en fichait, elle cherchait juste un moyen de rester en vie. Il pouvait bien lui dire qu'il partait sur la lune, elle était prête à le croire du moment qu'à la fin, il la laissait sortir vivante de la voiture.

Philippe avait besoin de parler. Il poursuivit :

— Avec ma femme, nous y avons passé notre voyage de noces. Nous ne pensions qu'à y retourner… puis elle est morte.

— Vous comptez y faire quoi ?

— Vous connaissez le Brésil ?

— Non.

— Les choses sont plus faciles, là-bas. À notre retour à Cagnotte, Violette avait transféré de l'argent dans une banque de Rio. Nous voulions monter un restaurant, ou n'importe quelle autre affaire, quitter ce trou pourri, vivre enfin ! Personne n'était au courant, c'était de l'argent qui lui venait de sa marraine.

— Qu'est-il devenu, cet argent ?

— Qu'est-ce que ça peut vous foutre ?

Anne lui lança de grands yeux interloqués. Trouver autre chose, ne pas rompre le lien. Demeurer en vie.

— Comment est-elle morte ?

— Ma femme ?

— Qui d'autre ? lança-t-elle en prenant un ton volontairement provocateur.

Philippe sembla apprécier cette marque de caractère.

— Officiellement elle est morte d'une infection. C'est ce que la famille a dit à l'époque, surtout pour protéger sa fille, mais la vérité c'est qu'elle s'est suicidée. Aujourd'hui on dit *bipolaire*, mais à l'époque on parlait simplement de dépression. Le traitement qu'elle prenait n'a servi qu'à lever les derniers remparts qui l'empêchaient de se tuer. Quelques mois après notre retour, elle s'est jetée dans l'Adour.

— Je suis désolée, affirma sincèrement Anne.

— Ne le soyez pas, ma femme me rendait la vie impossible avec ses crises de mélancolie. La seule chose que je regrette, c'est de ne pas lui avoir fait un enfant, il aurait été l'héritier du domaine à parts égales avec cette dinde de Laure.

Anne lui envoya un regard noir en coin lorsqu'il utilisa ce terme pour définir sa belle fille.

— Franchement, j'ai essayé avec elle, mais on n'a pas reçu la même éducation. Moi militaire, elle jean-foutre. Elle a toujours eu ce qu'elle désirait sans rien faire. Tout l'inverse de moi… Enfin bref, je disais que si j'avais seulement réussi à lui faire un gosse, mon avenir n'aurait pas été aussi incertain. Mais on ne peut pas rejouer le match, n'est-ce pas ? Notre mariage était voué à l'échec. Ma femme n'arrivait pas à imaginer de nouveaux rêves, comme la plupart des bourgeoises désœuvrées qu'elle fréquentait.

— Il n'y a pas de vies simples. Les pauvres rêvent d'être riches et les riches voudraient encore croire dans les rêves.

— J'ignore ce que vous essayez de me dire, toujours est-il qu'en m'épousant, Violette croyait se libérer du carcan familial qui l'empêchait de s'épanouir. Mais le mariage est aussi un carcan.

En réussissant à établir un échange avec son ravisseur, Anne reprenait espoir. Tout à ses pensées, elle entendit sonner le témoin d'essence et le vit clignoter sur le tableau de bord. Le visage de Philippe se durcit. Un tic faisait tressauter le coin de sa lèvre. Et une station-service apparut sur leur droite…

Anne savait qu'il ne pouvait faire autrement que de s'arrêter et qu'une telle occasion de s'échapper ne se représenterait pas. Lorsqu'ils furent arrêtés à la pompe, Philippe ouvrit la boîte à gants pour sortir de quoi payer. Il ne fallut à Anne qu'une fraction de seconde pour se jeter sur lui avec la détermination de ceux qui n'ont plus rien à perdre. Visant la tête de ses poings, elle se mit à le frapper avec toute l'énergie dont elle disposait. Mais il était trop fort. Il la contint, la repoussa, puis commença à l'étrangler.

Les yeux exorbités, Anne balaya du regard l'esplanade déserte de la station-service. Curieusement, alors que la vie était sur le point de la quitter, c'est vers Richard Delagrange que ses pensées se portèrent. En un éclair lui revinrent les souvenirs des heures passées à la bibliothèque universitaire, les séances de travail, les fous rires… Et Lambert, muni d'un porte-voix, somma Philippe de la libérer. D'abord surpris, le militaire comprit rapidement que tout était fini. Il desserra aussitôt son étreinte et adressa à la jeune universitaire un regard presque doux. Il semblait lui dire : *Allez file, va continuer ta vie, la mienne s'arrête ici.*

Les mains posées sur le volant, il lui fit signe de quitter le véhicule. Lorsqu'elle ouvrit la portière, il lui lança :

— C'est mieux comme cela. Et tant pis pour le Brésil.

Elle sortit du véhicule, et se pelotonna à côté de la roue arrière droite, tétanisée. Impossible d'aller plus loin. Sa cheville blessée, la sensation de ne pas retrouver son souffle. La panique.

Le *Ardenlames* parcourut le cou de Philippe d'un mouvement rapide et ferme. Le sang jaillit sur les vitres. Sa tête s'affala sur le volant.

CINQUIÈME PARTIE

Fin de confinement

1

Laure Delaspre applique une nouvelle couche de vernis sur ses ongles de pieds. Allongée sur le canapé du salon, elle savoure sans aucune honte sa nouvelle condition de femme oisive. Le confinement est sur le point de se terminer et elle sait qu'elle va devoir renoncer à la parenthèse enchantée qu'il lui a été donné de vivre après la mort tragique de son beau-père. Elle n'a pas perdu de temps pendant les deux mois où tout s'est arrêté dans le pays. La jeune femme esquissait le projet de monter son propre cabinet de communication. Maître Cazaux l'a aidée en libérant les fonds nécessaires à l'achat d'un local de cent vingt-cinq mètres carrés déniché quai de Bacalan. La bâtisse est ancienne et nécessite quelques travaux de remise en état, mais Laure est tombée sous le charme des vieux murs et surtout de ce quartier de Bordeaux extrêmement vivant.

La sonnerie du téléphone, en la faisant sursauter, lui fait renverser un peu de vernis sur le plan d'architecte posé face à elle.

Une voix dans l'autre pièce lui crie :

— Tu peux répondre ? Je suis occupé !

Elle se lève, plie tant bien que mal la grande feuille sur laquelle le croquis est gâché.

— Laure, à l'appareil.

— Laure ! Tu vas bien ? J'ai pensé fêter le déconfinement devant un verre de champagne demain soir, ça te dit ?

La voix gaie d'Anne Baillanx contraste avec le souvenir sombre qui reste ancré dans le cerveau de Laure.

La jeune femme est restée allongée plusieurs jours au début du confinement sur son lit d'hôpital. Assommée par les sédatifs, le visage presque aussi pâle que les draps de son lit, elle a mis du temps pour remonter la pente. Mais c'est chose faite maintenant.

La période d'observation terminée, elle a ensuite appelé Laure depuis son petit appartement à Talence. Elle souhaitait parler à quelqu'un de ce qui s'était vraiment passé pendant son enlèvement. Ce n'est qu'auprès de la petite fille de Blanche qu'elle était parvenue à calmer le tumulte dans sa tête. Elle avait alors seulement pris conscience de la réalité de la mort de Richard Delagrange, un choc qu'il lui a été difficile de surmonter.

Et puis il y avait eu cette proposition inattendue de la part du doyen de l'université. Il l'avait invitée à dispenser des cours aux étudiants de premier cycle. « La faculté a besoin de vous », avait-il déclaré sur un ton solennel qu'il aimait employer avec ses jeunes collaborateurs. Bien évidemment, elle avait sauté sur l'occasion. Ce poste, c'était aussi un moyen de rendre hommage à son maître, son mentor de toujours, Richard Delagrange, qui avait su faire naître en elle ce besoin d'apprendre et de partager son savoir.

Elle se confia à Laure à ce sujet :

— Je ne vais pas abandonner mes recherches pour autant, j'en ai terminé avec le chapitre de ma thèse consacré au pays d'Orthe et je poursuis la rédaction de mon travail d'investigation sur le volet aquitain de la vie des Plantagenet.

— Nous avons donc deux bonnes raisons de trinquer !

— Si tu es d'accord, je passe te prendre en sortant de la fac. Dix-neuf heures, ça te va ?

Laure raccroche, un sourire rêveur aux lèvres.

Elle repense à ces évènements récents qui viennent de bouleverser son existence. Elle se remémore les moments qui ont suivi la mort de son beau-père et les forces insoupçonnées qu'elle a su trouver en elle pour remplacer sa grand-mère au pied levé.

Elle a dû la soutenir dans son deuil et trouver le moyen d'atténuer le sentiment de culpabilité qui a plongé la vieille dame dans un inquiétant état de prostration.

Mais Laure n'est pas dupe, elle se doute que dans la tête de sa grand-mère, la paix aura du mal à revenir. Après tout, ses tractations financières et sa décision unilatérale de céder l'héritage familial sont à l'origine de tous ces morts, et elle peine à oublier qu'elle a d'une certaine façon précipité la chute de son ami Delagrange.

Laure reprend le petit flacon de vernis à ongles, regarde son niveau à la lumière de la fenêtre. *J'en achèterai un nouveau dès demain*, pense-t-elle avec satisfaction. Ce sera mon premier achat depuis que ce Covid nous a mis en cage.

Dans la cuisine, Nicolas achève de préparer le repas. Coup de foudre. Déjà deux mois que Laure et lui partagent leurs vies. Le jeune flic s'est jeté à l'eau juste avant de quitter Cagnotte en lui déclarant sa flamme, avec la maladresse d'un héros de sitcom qu'elle n'avait pourtant pas trouvé ridicule.

Il entend qu'elle se lève pour le rejoindre. Il espère que le beau temps va tenir jusqu'à samedi. Blanche et Madeleine attendent leur visite. Elles ont hâte de les revoir après ces longues semaines de confinement. Leur projet avance et elles trépignent d'impatience de leur en parler.

Par la fenêtre, il aperçoit les nuages qui s'effilochent paresseusement dans le ciel et ce spectacle le remplit de joie. Il a le sentiment que maintenant il appartient tout entier à cette ville.

Autres titres aux éditions Terres de l'Ouest :

Retrouvez notre catalogue complet sur :
https://www.terresdelouest-editions.fr/

Commandes de livres au format papier ou version numérique sur notre site internet.

Rouge Bordeaux
De Virginie Bougant

Bordeaux, début des années 90.
Fils d'ouvriers ou de familles bourgeoises, quatre copains de promo à la prestigieuse Sciences-Po dévorent la vie étudiante avec insouciance, entre fêtes alcoolisées, drogues et excès en tous genres. Pourtant, cette préface de leur existence ne va pas rester sans conséquences…
Bordeaux, vingt ans plus tard.
Le commandant Walczak est appelé sur une étrange scène de crime. Un homme vient d'être retrouvé dans une chambre d'hôtel, nu, pieds et poings liés, une boule de cuir enfoncée dans la bouche, étranglé.
Sur la trace d'un assassin retors, l'enquête s'annonce difficile pour le policier, d'autant que des morts suspectes s'accumulent autour de cette affaire et font resurgir les démons du passé...
Une intrigue finement ciselée et menée tambour battant, un policier séduisant et écorché, un roman électrisant qui accroche jusqu'au dernier mot !

272 pages – Prix public : 15,00€
Format 12×20,5cm
ISBN : 979-10-97150-70-9
Polars du Sud-Ouest

Pelote sanglante au Pays Basque
de Serge Archua

Séduisante et pétillante, Maïka Mekotxea dévore la vie avec audace et passion. Mère protectrice, très moderne d'une ado en pleine crise, la jeune femme mène également une brillante carrière dans la police judiciaire. Quand le cadavre mutilé d'une joueuse de handball, une pelote coincée entre les seins, est retrouvé près de la Grande Plage à Biarritz, une sombre enquête débute pour la commandante et sa fidèle équipe.
Entre Pays Basque français et espagnol, le milieu du sport de haut niveau et les corps semés par un prédateur visiblement amateur de chair fraîche, pourra-t-elle éviter de mêler sa vie privée à cette sordide affaire ?
Une enquête menée tambour-battant par une flic hors norme, au caractère bien trempé. Mais son acharnement risque bien de l'emporter au bord du précipice...

264 pages – Prix public : 13,50€
Format 12×20,5 cm
ISBN : 979-10-97150-61-7
Polar au Pays-Basque

PÊCHE MORTELLE EN 4 LEÇONS

De cécile Valey

En 1981, au fond du lac Latécoère, trois passionnés de plongée sous-marine font une découverte qui va marquer l'histoire de Biscarrosse. Un célèbre hydravion allemand datant de la Seconde Guerre mondiale est bientôt remonté à la surface.

Cependant, en effectuant des fouilles poussées dans le cockpit du Dornier 24, les historiens et les autorités font une découverte macabre très surprenante…

Pour l'une de ses dernières enquêtes avant la quille, l'adjudant Brassempouy doit résoudre un mystère qui puise ses racines dans un passé inquiétant et pas si lointain.

Fidèle aux liens indéfectibles l'unissant à la cité balnéaire landaise, Cécile Valey transporte une nouvelle fois le lecteur sur les bords du lac de Biscarrosse. Un lieu de féérie et de mythologie, dans lequel l'on s'immerge avec frissons.

272 PAGES - PRIX : 12,50€ TTC

FORMAT 120X180 MM

ISBN : 979-10-97150-54-9

INTRIGUE POLICIÈRE (HAUTE-LANDE)

Un 26 août à Arcachon
de Éric Castaignède

Chaque jour depuis quinze ans, Hugo Sournet se rend au port de Larros où il ressasse en boucle un amour de vacances à jamais révolu. Quoi qu'il fasse, la belle Isaline occupe toujours ses pensées. Entre Arcachon et Gujan-Mestras tout lui remémore ces souvenirs savoureux. Mais un jour, un meurtre survient sur la jetée où Hugo a ses habitudes, puis rapidement, c'est un couple qui est retrouvé assassiné au même endroit. La stupeur et l'incompréhension gagnent la petite station balnéaire. Régent, capitaine de gendarmerie tout droit débarqué de Paris, est chargé de mener l'enquête. Hugo, dont la présence quotidienne sur le lieu des crimes interpelle, se retrouve en tête des suspects. Tout en démêlant l'écheveau de cette affaire complexe, c'est l'histoire étonnante de ce jeune homme que le gendarme va faire resurgir, ressuscitant par la même occasion les causes du départ sans retour d'Isaline.

292 pages – Prix public : 14,00€
Format 12×20,5 cm
ISBN : 979-10-97150-68-6
Thriller en Gironde

Du grabuge au Pays Basque
de Philippe Pourxet

« Ah, la subtile odeur de poudre quand on a vidé son chargeur de Beretta, ce bourdonnement exquis qui vous ruine les tympans pendant des heures et ces petites brûlures aux doigts quand le canon monte dans les degrés… »

Novembre 1978 : Quand au cours d'un braquage de banque, une balle perdue vient se loger dans le front de Martin Élissalde, Beñat, son frère jumeau, va très mal le prendre. La vengeance, c'est comme l'axoa, ça se mange chaud et épicé !
Une traînée sanglante va alors se dessiner à travers tout le Pays basque sur fond de guerre des gangs. Des Bordelais, des Basques, et au milieu, un commissaire désabusé et revanchard... Un cocktail détonant sur fond de fandango où les bonnes manières auraient tendance à s'oublier ; mais pas le sulfatage sauvage.

256 pages – prix public : 12€
ISBN : 979-10-97150-69-3
Format : 12×18 cm
roman policier

Éditions Terres de l'Ouest

email : infos@terresdelouest-editions.fr
ISBN : 979-10-97150-84-6

Dépôt légal novembre 2021
Achevé d'imprimer sur les presses de l'imprimerie
Laballery en France en novembre 2021
N° d'impression : 111356